# POEMAS
## ITALIANOS

# CECÍLIA MEIRELES

## POEMAS ITALIANOS

*Com a versão italiana de*
Edoardo Bizzarri

*Apresentação*
Mariana Ianelli

*Coordenação Editorial*
André Seffrin

São Paulo
2017

© Condomínio dos Proprietários dos Direitos Intelectuais
de Cecília Meireles
Direitos cedidos por Solombra – Agência Literária
(solombra@solombra.org)
2ª Edição, Global Editora, São Paulo 2017

**Jefferson L. Alves** – diretor editorial
**Gustavo Henrique Tuna** – editor assistente
**André Seffrin** – coordenação editorial, estabelecimento de texto, cronologia e bibliografia
**Flávio Samuel** – gerente de produção
**Flavia Baggio** – assistente editorial e revisão
**Deborah Stafussi e Fernanda B. Bincoletto** – revisão
**Tathiana A. Inocêncio** – projeto gráfico
**Eduardo Okuno** – capa
**The Appian way (1869), de John Linton Chapman (1839-1905), óleo sobre tela** – imagem de capa

A Global Editora agradece à Solombra – Agência Literária pela gentil cessão dos direitos de imagem de Cecília Meireles.

Obra atualizada conforme o
**NOVO ACORDO ORTOGRÁFICO DA LÍNGUA PORTUGUESA.**

**CIP-BRASIL. CATALOGAÇÃO NA PUBLICAÇÃO**
**SINDICATO NACIONAL DOS EDITORES DE LIVROS, RJ**

M453p

    Meireles, Cecília, 1901-1964
       Poemas italianos / Cecilia Meireles; Apresentação Mariana Ianelli; Coordenação editorial André Seffrin. – [2. ed.] – São Paulo: Global, 2017.

       ISBN 978-85-260-2237-9
       'Com a versão italiana de Edoardo Bizzarri'

    1. Poesia brasileira. I. Ianelli, Mariana. II. Seffrin, André. III. Bizzarri, Edoardo. IV. Título.

16-32754                              CDD: 869.1
                                   CDU: 821.134.3(81)-1

Direitos Reservados

**global editora e distribuidora ltda.**
Rua Pirapitingui, 111 – Liberdade
CEP 01508-020 – São Paulo – SP
Tel.: (11) 3277-7999 – Fax: (11) 3277-8141
e-mail: global@globaleditora.com.br
www.globaleditora.com.br

Colabore com a produção científica e cultural.
Proibida a reprodução total ou parcial desta obra sem a autorização do editor.

Nº de Catálogo: **3846**

# Sommario

Discorso all'ignoto romano ..................................................20
Oleografia napoletana ........................................................24
Cerere abbandonata ...........................................................28
Ritmo di Napoli ..................................................................32
Murale ridente ....................................................................34
Fioraia .................................................................................36
Innamorati ..........................................................................38
Primo uccellino ..................................................................40
Arco .....................................................................................42
Colosseo ..............................................................................44
Alabastro .............................................................................48
Natura quasi viva ...............................................................52
Addio a Roma ....................................................................56
Fattoria ................................................................................58
Pompei ................................................................................60
Quel che mi disse il morto di Pompei ............................62
Descrizione (Giardino d'acqua) .......................................64
Pompei ................................................................................68
Roma ...................................................................................70
*Cave Canem* ....................................................................72
Assemblea di porfido ........................................................74
Via Appia ............................................................................76
Colori ..................................................................................78
Fontana di Trevi ................................................................80
Geografia ............................................................................82
Abitanti di Roma ...............................................................86
Muri di Roma ....................................................................90

# Sumário

A Itália de Cecília - *Mariana Ianelli* ............................... 11

Discurso ao ignoto romano ............................... 21
Oleogravura napolitana ............................... 25
Ceres abandonada ............................... 29
Ritmo de Nápoles ............................... 33
Mural risonho ............................... 35
Florista ............................... 37
Namorados ............................... 39
Primeiro pássaro ............................... 41
Arco ............................... 43
Coliseu ............................... 45
Alabastro ............................... 49
Natureza quase viva ............................... 53
Adeus a Roma ............................... 57
Granja ............................... 59
Pompeia ............................... 61
O que me disse o morto de Pompeia ............................... 63
Descrição (Jardim de água) ............................... 65
Pompeia ............................... 69
Roma ............................... 71
*Cave Canem* ............................... 73
Assembleia de pórfiro ............................... 75
*Via Appia* ............................... 77
Cores ............................... 79
*Fontana di Trevi* ............................... 81
Geografia ............................... 83
Habitantes de Roma ............................... 87
Muros de Roma ............................... 91

Depredazione......92

"...*Writ in water*..."......*94*

Ah! Santa Maria... ......98

Lampadario......102

Viandante......104

Nuova Madonna a Sorrento......106

Pioggia sul palazzo dei Dogi......110

Roma......114

Gli acquedotti......116

Messaggio......118

Il Santo......120

Pietre di Firenze......124

Preannuncio a Pompei......128

Adolescente romano......130

Diana ......132

Pittura di Venezia......134

Canzone di Sorrento......136

Voto......138

Indice dei primi versi......156

Espólio............................................................93
"...*Writ in water...*"...................................95
*Ah! Santa Maria*..........................................99
Lustre............................................................103
Caminhante..................................................105
Nova Madona em Sorrento..................107
Chuva no palácio dos Doges................111
Roma..............................................................115
Os aquedutos............................................. 117
Mensagem ...................................................119
O Santo..........................................................121
Pedras de Florença..................................125
Prenúncio em Pompeia .........................129
Adolescente romano ............................. 131
Diana..............................................................133
Pintura de Veneza....................................135
Canção de Sorrento ................................137
Voto................................................................139

Cronologia..................................................143
Bibliografia básica sobre Cecília Meireles..................149
Índice de primeiros versos ...................157

# A Itália de Cecília

Reunidos em livro pela primeira vez em 1968, em edição bilíngue (português/italiano), quatro anos após a morte de Cecília Meireles, estes poemas italianos sempre inspiraram na autora a ideia de um volume como o de *Poemas escritos na Índia*. Tanto os poemas "italianos" como os "indianos" foram, em sua maior parte, escritos durante o ano de 1953, quando a poeta viaja à Índia e, da Índia, à Europa, onde visita vários países, a começar pela Itália. Dessa contrastante experiência de partir de um tempo a outro, do Oriente ao Ocidente, de uma Índia "fluida" a uma Itália "maciça", Cecília revisita em muitas de suas crônicas de viagem os locais e os motivos de seus poemas.

Eterna passageira do instante, carioca de sangue açoriano, poeticamente sempre em trânsito, Cecília se dizia "antiturística",[1] justamente porque viajava como vivia, enamorando-se de tudo e de cada coisa que via, demorando-se nos aspectos das paisagens e das pessoas como se lesse livros vivos. O fenômeno poético que se desencadeia com esse enamoramento, ou, ainda, com a "arte de admirar" (como a autora define a "arte de viajar"), é que, deixando-se absorver pelo que vê em suas viagens, Cecília faz com que todos os países por onde passa ganhem feições absolutamente cecilianas em seus poemas. Índia, Itália,

---

[1] MEIRELES, Cecília. Pequenas notas. In: _____. *Crônicas de viagem*. v. 2. São Paulo: Global, 2016. p. 99.

Holanda, Israel e outros tantos lugares de sua poesia constituem, assim, atmosferas de um só continente, esse que é sinônimo de harmonia entre realidade e sonho, perto e longe, vida e morte, Ocidente e Oriente, instante e eternidade, luz e sombra.

Na Itália de Cecília brilha a luz mediterrânea, clássica, nítida. É uma Itália sólida e clara, com um povo de "beleza estatuária" e "sem mistério". Mas, como a todo momento se acercam e se enamoram aparentes opostos nessa poesia, é também uma Itália de povos subterrâneos, trágicos, noturnos, uma Itália de cemitérios e ruínas, de solidão e melancolia, dentro de uma atmosfera perfeitamente romântica, na qual se inscreve o tributo da autora ao poeta inglês John Keats (*"Writ in water..."*).

Camadas e camadas de tempo compõem a matéria desses "poemas italianos", séculos e séculos de Deus e deuses, madonas, santos, soldados, imperadores, artistas, filósofos, multidões anônimas em festa, em guerra, em luto. Cada uma dessas camadas interessa à poeta nesta geografia, que, sendo humana, é também profunda e inefável, com seus legados de sangue, seu repertório de símbolos cristãos e pagãos, suas fontes, seus campos, seus monumentos.

"Qual é a cidade que, vista ao contrário, está no coração?" Com esse verso, que abre o poema "Geografia",[2] a poeta dá a ver que o que lhe importa, a partir do que observa e vive como viajante, é observar e viver também por dentro e a fundo, amorosamente, o alento de cada cidade que visita: a grandeza de Roma, a leveza de Nápoles, a geometria exata de Florença,

---

[2] Idem. Geografia. In: _____. *Poemas italianos*. São Paulo: Global, 2017. p. 83.

a galhardia de Sorrento, a musicalidade líquida de Veneza, o soterrado esplendor de Pompeia.

Poeticamente, Roma é a cidade mais visitada no livro (no roteiro de viagem de Cecília, é a cidade que visita em dois momentos diferentes, de março a abril de 1953), somando dezenove poemas escritos no local, além de "Adolescente romano", que figura entre os poucos poemas do livro que a autora escreveu após a viagem, já de volta ao Rio de Janeiro. "Roma", "romã" e "amor": não são apenas anagramas graciosos, mas uma poderosa síntese incorporada a diversas figuras femininas: a deusa Ceres, as santas, as madonas, mulheres anônimas, namoradas e floristas. O mito de Roma também está aí presente, na figura da loba que amamenta os gêmeos Rômulo e Remo, aos quais a poeta associa o sol e a lua. Interessante notar que essa atenção às origens, à generosidade da terra, que acolhe, nutre em segredo e frutifica, reflete igualmente um traço da arte poética de Cecília: uma "larga e maternal compreensão", como definiu a professora Nelly Novaes Coelho.[3]

Esse traço maternal de compreensão, que se reflete num olhar compassivo, traduz-se por uma solidariedade amorosa que envolve a todos: vivos e mortos. Cecília pensa no homem anônimo esculpido na pedra, e no artista, também anônimo, que o esculpiu; pensa nas multidões ignotas que tantas vezes encheram as voltas do Coliseu, e, ao pensá-los, seu olhar se interpõe entre as coisas vistas e as pupilas agora vazias daqueles

---

[3] COELHO, Nelly Novaes. O "eterno instante" na poesia de Cecília Meireles. In: *Tempo, solidão e morte*. São Paulo: Imprensa Oficial do Estado, 1964. p. 24.

que nada mais veem. Cecília pensa igualmente no homem que a acompanhou um dia a São Giminiano, o guia que lhe segredou, com tanta e tão terna singeleza, uma dor de dente; na mulher que vende flores como prazeres frescos, ou na moça que assoma à janela, em Sorrento, na festa da Pascoela (segunda-feira que se segue ao domingo de Páscoa), como fosse uma madona viva e corada. Todos eles, vivos e mortos, comovem a poeta, todos convocam sua atenção, todos lhe dizem respeito e revivem em seus versos, reinventados. A romã, aqui, tem seu simbolismo vivo e mítico de ser tanto um fruto do amor como uma aliança com o mundo dos mortos.

Essa estrangeira que se move, que erra pelas cidades, indistintamente cúmplice de mundos de luz e sombra, tem um modo de estar "presente sendo alheia" (como canta a poeta em seu livro *Solombra*, 1963)[4] que a faz isenta, capaz de toda espécie de vínculo, conquanto permanecendo, para além de todos os vínculos, uma viajante solitária. Esta é, pois, a viagem: no espaço e no tempo, como uma alegoria da própria vida sempre de passagem.

Vale lembrar que, sendo órfã desde criança, criada pela avó, aos 34 anos viúva do primeiro casamento, Cecília tornou-se desde muito cedo íntima da realidade da solidão e da morte. Nessa intimidade, expressa em sua obra poética como um todo, está presente um sentimento de fugacidade e evanescência que tanto assume contornos épicos universais quanto líricos e dramáticos do indivíduo. Elementos dessa "mitologia pessoal" podem ser

---

4  MEIRELES, Cecília. *Solombra*. São Paulo: Global, 2012. p. 59.

imediatamente reconhecidos em *Poemas italianos*. Aqui estão as *águas*: águas que passam, que lavam, que pranteiam, águas que cantam, que sussurram, que falam de memórias e origens. Aqui estão os *ventos*: ventos que trazem presságios, ventos que levam mensagens, que servem de alento, que são vozes de longe, como o vento de Eilath que a poeta ouviu em Israel ("Saudação a Eilath", 1959).[5] E aqui estão as *pedras*: as pedras dos caminhos, da Via Appia, as pedras das fontes, dos edifícios e dos muros, as pedras buriladas pelas mãos do artista e pelas mãos do tempo, pedras onde se inscrevem e de onde se apagam nomes, datas, rastros, símbolos. Tudo se comunica com essa viajante que passa como passam as águas, como passa a poeira dos séculos suspensa no vento, como passa o próprio artista.

> Ando, ando, ando,
> e sinto a extensão de meus antigos muros
> e, com profunda pena,
> escuto a longa tuba mitológica
> derramando para nuvens efêmeras
> dispersas notícias atrasadas
> de inútil Glória e possível Amor.[6]

Cecília caminha em equilíbrio instável, entre vestígios de concretude e invisibilidades. O que sente a poeta é uma "profunda pena", é uma nota patética nessas terras do Ocidente cujas raízes históricas, artísticas e religiosas, sendo profundas,

---

5   Idem. Saudação a Eilath. In: _____; SECCHIN, Antonio Carlos (Org.). *Poesia completa*. v. 2. Rio de Janeiro: Nova Fronteira, 2001. p. 1416-19.
6   Idem. Caminhante. In: _____. *Poemas italianos*. São Paulo: Global, 2017. p. 105.

também entesouram, entre esplendores, a decadência dos deuses e dos povos. É de uma "inútil Glória" e de um "possível Amor" que a autora colhe beleza e tragédia para o teor desses poemas, cantando a transitoriedade humana com o tom maternal e envolvente das madonas, com melancolia, compaixão, saudade; um tom que faz parte da melodia de uma Itália de águas musicais, ventos e pedras de ruína, um tom amoroso que, afinal, está na essência da arte poética de Cecília: "A arte de amar é exatamente/ a de ser poeta".[7]

Esta é a diferença fundamental de tom entre *Poemas italianos* e *Poemas escritos na Índia*, ou, ainda, uma diferença de "densidade", como já dito em uma crônica:[8] de um lado, um Oriente fluido, leve, colorido, de outro, um Ocidente sólido, escultórico, de uma antiguidade austera, de que se deve se acercar com cuidado, seguindo o aviso do mosaico de Pompeia – "*Cave Canem!*" –, que guarda agora o tesouro petrificado de histórias, vozes e sentimentos de outras vidas.

Atmosferas, porém, se interpenetram, e Cecília também vê na Itália que visita uma leveza (Nápoles), uma sensualidade (Sorrento), um pouco do Oriente no Ocidente. Sobretudo, o pensamento que atravessa *Poemas italianos* é o do *Eclesiastes*. Cabendo lembrar que a Bíblia sempre foi uma importante fonte de inspiração para a autora, não apenas em seus versos, mas como estudo, reflexão sobre as línguas, os povos e a alma

---

7  Idem. Personagem. In: _____. *Viagem*. São Paulo: Global, 2012. p. 120.
8  Idem. Oriente-Ocidente. In: _____. *Crônicas de viagem*. v. 2. São Paulo: Global, 2016. p. 47.

humana.[9] Em *Poemas italianos*, o vento que sopra é bíblico, é o vento do *Eclesiastes,* esse que leva de uma parte a outra o pó de tudo o que vive, já viveu ou ainda viverá: "tudo é vaidade e correr atrás do vento" (1:16); "tudo vem do pó/ e tudo volta ao pó" (3:21-2); "o mesmo destino cabe a todos" (9:3-4). Ao que se acrescenta o *"pulvis et umbra sumus"* das odes horacianas, pensamento que ecoa continuamente no livro, num espírito de solidariedade do artista para com a fragilidade alheia, que é espelho da sua, com a efemeridade de tudo, inclusive de si.

Embora apenas sugerido em *Poemas italianos*, numerosos episódios, personagens, artistas, filósofos e poetas são evocados por Cecília em cada cidade, em sobreposições de tempos e lugares, e isso o leitor encontrará na sua Itália em prosa, no *corpus* de suas crônicas de viagem. Vê-se, também, nessas múltiplas vias de acesso, o atributo de profundidade da autora: ser preciso viajar amorosamente por seus caminhos, com o prazer de saber que essa geografia de águas, ventos e pedras do tempo, mais do que vasta, não tem fim.

*Mariana Ianelli*

---

[9] "A Bíblia na Poesia Brasileira" é uma conferência de Cecília Meireles, do final dos anos de 1950, promovida pelo Centro Cultural Brasil-Israel no Rio de Janeiro, que bem registra seu fascínio por estudos bíblicos relacionados com a literatura, em especial a poesia.

*O tradutor vê-se num dilema quando se trata de verter um poema para outro idioma: será fiel à sua forma condicionando-lhe o conteúdo expressivo, ou, fiel a esse conteúdo, abrirá mão do rigor formal? Como é impossível dizer-se, ao mesmo tempo, com a mesma forma, exatamente a mesma coisa, nunca o poema será, traduzido, o que foi no original. Resta o milagre de uma "reconstituição" do poema, em outro idioma, o que só acontece quando o tradutor, sendo também poeta, é capaz de sentir como sua a composição alheia, encontrando assim, espontaneamente, a linguagem exata para dizer a mesma coisa, com o seu vocabulário emocional. Porque, principalmente, a tradução de um poema não é tanto uma questão "literal", como "emocional": trata-se, em suma, de transmitir a leitores de fala diferente a mensagem necessária, com palavras e ritmos que tenham o mesmo poder de influir no leitor estrangeiro, como o original deve fazê-lo em relação aos que o podem ler diretamente.*

Cecília Meireles

# POEMAS
## ITALIANOS

# Discorso all'ignoto romano

Non c'è sul marmo il tuo nome.
Né il tuo profilo né il volto
rivelano chi sei stato.
Sappiamo sol che hai sofferto,
com'è d'ogni essere umano;
che hai vissuto, e mirato quanto
c'è tra l'anima e l'orizzonte,
e hai veduto, tra le grandi stelle,
gli abissi del cielo, nell'alta notte.
Sei cresciuto, come gli animali e le piante;
– ma sapendo che c'è amore e morte.
Ed un pensiero si posò
tra le rughe della tua fronte,
e, dai tuoi occhi alle labbra,
il solco della lagrima appare.

Perché fu intagliato il tuo volto
nella pietra pallida e soave
nessuno ricorda, o quali mani
percorsero questa scultura.
Sei stato potente? Del mondo
che hai desiderato? e ottenuto?
Qual sogno, in realtà visse nella
radice delle tue pupille?
Cosa pensavi della vita?
Cosa, di te stesso, pensavi?

# Discurso ao ignoto romano

Não está no mármore o teu nome.
Nem teu perfil nem tua face
nada revelam do que foste.
Sabemos só que padeceste,
como acontece a qualquer homem;
que foste vivo e contemplaste
o que jaz entre a alma e o horizonte,
e, com as grandes estrelas, viste
os vácuos do céu, na alta noite.
Cresceste como o bicho e a planta:
– mas sabendo que há amor e morte.
Houve um pensamento pousado
entre as rugas da tua fronte
e, dos teus olhos aos teus lábios,
vê-se da lágrima o recorte.

Por que foi talhado o teu rosto
nessa pedra pálida e suave,
ninguém se lembra. E as mãos que andaram
nessa escultura, ninguém sabe.
Poderoso foste? Do mundo
que desejaste? que alcançaste?
Na raiz das tuas pupilas,
que sonho existiu, na verdade?
Como pensavas que era a vida?
E de ti mesmo que pensaste?

Dinanzi a questa bella testa,
mirando il profilo e la fronte,
tra gli occhi tuoi e dell'artista,
qual sarà stata la tua frase?

IGNOTO ROMANO scolpito
da ignota mano, e conservi
nel silenzio della pietra l'antico
volto, che nasconde ignota sorte,
fermo tra il sogno e il sospiro,
senza gesto, né corpo né vesti,
né professione né impegni,
senza dire a nessuno più nulla
né d'amico né di nemico...

(E tutti gli uomini – ignoti –
con gli occhi in questo chiaro abisso,
senza saper che son fermi
davanti a un lucido specchio!
IGNOTO ROMANO – sillabano...
E continuano il loro cammino,
sicuri di avere un nome,
con pena dello sconosciuto...)

Aprile, 1953

Diante desta bela cabeça,
vendo-a de perfil e de face,
entre os teus olhos e os do artista,
qual terá sido a tua frase?

IGNOTO ROMANO esculpido
por ignota mão, preservando
no silêncio da pedra o antigo
rosto, que encobre a ignota sorte,
parado entre sonho e suspiro,
sem gesto, sem corpo, sem roupas,
sem profissão nem compromisso,
sem dizer a ninguém mais nada
nem do amigo nem do inimigo...

(E todos os homens – ignotos –
com os olhos nesse claro abismo,
sem saberem que estão parados
ante um puro espelho polido!
IGNOTO ROMANO – soletram...
E continuam seu caminho,
certos de terem algum nome,
com pena do desconhecido...)

Abril, 1953

# Oleografia napoletana

Come era grassa la cantante,
che apparve tra mille applausi!
Ma bella era la canzone,
che si alzava tra gli occhi
ed i castelli del petto.

Ma bella era la canzone,
tra ostriche, olio e limoni.
Forchette avvolgevan spaghetti
e i piatti trasbordavano
di polli e di carciofi.

Forchette avvolgevan spaghetti.
E le persone che mangiavano
erano sempre più grasse,
e insieme cantarellavano
e andavan mangiando canzoni.

Erano sempre più grasse,
più allegre, più felici.
I gatti tra le sedie
raccoglievano vecchi sogni
di discendenti di tigri.

# OLEOGRAVURA NAPOLITANA

Tão gorda que era, a cantora,
que entre mil aplausos veio!
Mas era bela, a cantiga,
levantada entre os seus olhos
e os castelos do seu peito.

Mas era bela, a cantiga,
entre azeite, limões, ostras...
E o garfo enrolava as massas,
e as travessas transbordavam
de frangos e de alcachofras.

O garfo enrolava as massas.
As pessoas que comiam
eram cada vez mais gordas,
e também cantarolavam,
e iam comendo as cantigas.

Eram cada vez mais gordas,
mais alegres, mais felizes.
Os gatos pelas cadeiras,
coligiam velhos sonhos
de descendentes de tigres.

I gatti tra le sedie
occhieggiavano le posate...
(Posillipo sognava...
Nel golfo correvano barche
sempre più verso Oriente...)

Os gatos pelas cadeiras
piscavam para os talheres...
(O Pausilipo sonhava...
No golfo corriam barcos,
cada vez mais para Leste...)

# Cerere abbandonata

Gli alberi, inaridite,
abbandonate piante.
La Dea dimenticata,
senza mai più speranze,
di tra le pietre fosche
e le galline bianche.

Rossa polve del tempo
sulla remota fronte.
Da altre età ella venne,
portata da lontano:
– nell'ombra fu lasciata.
Dove saranno andati?

Ha l'elmo di Minerva:
– ma, col Sole sul petto,
Cerere vien chiamata.
E il suo labbro gentile
sorride sopra il nome,
falso o vero che sia.

Carica di silenzio,
ella contempla e medita.
E ci son campi e feste
e covoni di spighe
nella piccola fossa
della vuota pupilla.

# Ceres abandonada

As árvores, secas,
descuidadas plantas.
E a deusa esquecida,
sem mais esperanças,
entre pedras fuscas
e galinhas brancas.

Ruivo pó do tempo
na remota fronte.
Veio de outras eras,
trazida de longe:
– na sombra a deixaram.
Partiram para onde?

O elmo é de Minerva:
– mas, com o Sol no peito,
chamam-na de Ceres.
E seu lábio meigo
sorri sobre o nome,
falso ou verdadeiro.

Cheia de silêncio,
contempla e medita.
E há campos e festas
e feixes de espiga
na pequena cova
de sua pupila.

I suoi antichi poteri
nessuno più ricorda.
Il suo modesto plinto
nessuna mano adorna.
E' per gli uomini vivi
appena una dea morta.

Però, il grano dorato
e la terra odorosa
e il giovenco ondeggiante
e il sole che si leva
e il cielo sovrumano
di lei non si dimenticano.

Si fanno e si rifanno
i volubili giorni.
Immobile, nel marmo,
viva la dea rimane,
molto al di là degli uomini
e delle loro ceneri.

Seus velhos poderes
ninguém mais recorda.
O modesto plinto
mão nenhuma adorna.
Para os homens vivos,
é uma deusa morta.

Mas o grão dourado
e a olorosa terra
e o boi que desliza
e o sol que se eleva
e o céu sobre-humano
não se esquecem dela.

Fazem-se e refazem-se
os volúveis dias.
No mármore, imóvel,
sempre a deusa é viva,
muito além dos homens
e de suas cinzas.

# Ritmo di Napoli

Traverso questo momento,
trasfigurata d'altro tempo,
tra muri bianchi di statue.

In sogno rispondo a quello
che dicono in altra lingua.
La luna nasce tra i pioppi.

Che ci sia amore o sconforto,
tutto è come la fragile tinta
di questa sera in quest'acque.

So che cantano, so che passano,
che le barche hanno remi verdi,
e quello è il golfo di Napoli.

So che nell'alma ho silenzio,
che di silenzio cingo il mondo
e c'è primavera sui rami.

# Ritmo de Nápoles

Atravesso este momento,
transfigurada de outrora,
por muros brancos de estátuas.

Em sonho vou respondendo
ao que dizem noutra língua.
E a lua nasce entre os álamos.

Que haja amor ou desespero,
tudo é como a frágil tinta
desta tarde nestas águas.

Sei que cantam, sei que passam,
que os barcos têm remos verdes
e aquele é o golfo de Nápoles.

Sei que em minha alma há silêncio,
que envolvo em silêncio o mundo
e há primavera nas árvores.

# Murale ridente

Si divertivano le ragazze,
dagli occhi neri, le trecce bionde,
nella penombra della bottega,
in mezzo a mele, pere ed arance.

E le risate grandi morivano
sotto le mani limpide, bianche
sì come gigli che si muovessero
in mezzo a mele, pere ed arance.

Solo perché alcuni giovani,
con gola chiara e sonora,
lor nomi cantando, fingevano
toccare mele, pere ed arance.

(Danza di ninfe e di pastori,
in mezzo a mele, pere ed arance,
con finti spaventi ed inganni,
e con reali speranze.)

# Mural risonho

Divertiam-se as raparigas
de olhos negros e louras tranças,
à meia luz da loja, em volta
de maçãs, peras e laranjas.

Grandes gargalhadas morriam
sob as mãos límpidas, tão brancas
como lírios que se movessem
entre maçãs, peras, laranjas.

Tudo porque certos rapazes,
de sonora e clara garganta,
cantando seus nomes, fingiam
tocar maçãs, peras, laranjas.

(Dança de ninfas e pastores,
entre maçãs, peras, laranjas,
com sustos e enganos fingidos
e verdadeiras esperanças.)

# Fioraia

Lasciate passare al margine della sera
la vecchia fioraia
che porta tra le braccia il crepuscolo dei fiori:
– immenso cappello di mazzi confusi.

Guardate i tristi garofani disfatti,
e il labbro oscillante dell'ultimo petalo di rosa.
I gigli quasi liquidi,
molli e tumidi,
dilatano dense lagrime.

Lasciate passare con il crepuscolo dei fiori,
con il crepuscolo della vita,
la vecchia fioraia,
dalla veste verde, lo scialle viola, le calze grosse,
tutta coperta di foglie appassite,
di polline spesso, di spine morte,
– aiola slittante,
la vecchia fioraia,
che scivola verso l'occaso,
lenta e sola,
sotto i pioppi gialli,
lungo muri tanto antichi,
come dopo una grande festa,
di un culto d'altro tempo.

# Florista

Deixai passar pela margem da tarde
a velha florista
que levanta nos braços o fim das flores:
– imenso chapéu de ramos amontoados.

Vede os tristes cravos desfeitos,
e o lábio oscilante da última pétala de rosa.
Os lírios quase líquidos,
moles e túmidos,
prolongam densas lágrimas.

Deixai passar com o fim das flores,
com o fim da vida,
a velha florista,
de saia verde, de xaile roxo, de meias grossas,
toda coberta de flores murchas,
de espesso pólen, de mortos espinhos,
– canteiro deslizante,
a velha florista,
a escorregar para o ocaso,
lenta e sozinha,
sob os álamos amarelos,
ao longo de muros tão antigos,
como depois de uma grande festa,
de um culto de outrora.

# Innamorati

Sul gradino del torvo inverno,
siedono gli innamorati.
Tra le loro spalle cresce
un denso bosco di impossibili,
con molti rami oscuri.

Un denso bosco di spini
cresce tra le loro labbra.
Pallide parole aride
fogliame di commiati,
ombra di confusa angoscia
nell'arco giovane della bocca,
nel dolce luogo dei baci.
Così perduti, così soli
lungo interiori cammini!

Davanti a loro, le statue,
eternamente abbracciate,
gloriosamente ignude,
profondamente amorose,
con splendori di primavera
nell'etereo gesto del marmo...

(Festivi corpi di pietra!)

Negli innamorati umani,
il corpo è lento e pesante,
lunga rete a convogliar lagrime
nelle vaste sabbie dell'anima...

# Namorados

No degrau do inverno turvo,
sentaram-se os namorados.
Vai crescendo entre os seus ombros
denso bosque de impossíveis,
com muitos ramos escuros.

Um denso bosque de espinhos
vai crescendo entre os seus lábios.
Pálidas palavras secas,
folhagem de despedidas,
sombra de confusa angústia
na curva jovem da boca,
no doce lugar dos beijos.
Tão perdidos, tão sozinhos
por interiores caminhos!

Diante deles, as estátuas,
eternamente enlaçadas,
gloriosamente desnudas,
profundamente amorosas,
com brilhos de primavera
no etéreo gesto de mármore

(Festivos corpos de pedra!)

Nos namorados humanos,
o corpo é lento e pesado,
longa rede a escorrer lágrimas
nas vastas areias da alma...

# Primo uccellino

Arriva e canta.
Canta e s'arresta.
S'arresta e ascolta:
con l'udito, con gli occhi, con le penne.

Il silenzio del mattino è un lungo muro, ancora,
tra questo mondo e il cielo.

Arriva e canta.
Canta e s'arresta.
S'arresta e parte.

Doveva essere primavera.
Ma non c'è stata risposta.

Nella solitudine si perde l'inquieto canto prematuro.
Si perde nel silenzio l'anticipato uccellino,
forse triste.

## Primeiro pássaro

Chega e canta.
Canta e para.
Para e escuta:
com os ouvidos, com os olhos, com as penas.

O silêncio da manhã é um longo muro, ainda,
entre este mundo e o céu.

Escuta e canta.
Canta e para.
Para e parte.

Devia ser a primavera.
Mas não houve resposta.

Na solidão se perde o inquieto canto prematuro.
Perde-se no silêncio o antecipado pássaro,
talvez triste.

# Arco

I volti sono irriconoscibili;
e dovevano essere belli.

Il ricordo delle vittorie si è affievolito:
– eppure, furono celebri.

Dell'imperatore che passò, nessun vestigio:
– e fu così poderoso.

Ma il vento che danzava nelle pieghe della veste
– ed era vento lieve! –
continua lì a danzare.

Vedete!
Ed era il vento.
Il vento sognato, appena.
Lì è prigioniero il vento che sempre fugge...

La pietra, che non si muove, ondeggia.
Danza. Per sempre.

E la mano dell'artista, da molti secoli,
è anche vento.

# Arco

As faces estão irreconhecíveis:
e deviam ser belas.

A lembrança das vitórias atenuou-se:
– e, no entanto, eram célebres.

Do imperador que passou, não há vestígios:
– e foi tão poderoso.

Mas o vento que dançava nas pregas do vestido
– e um vento leve! –
continua a dançar ali.

Vede!
E era o vento.
O vento sonhado, apenas.
Ali está preso o vento que sempre foge...

A pedra, que não se move, ondula.
Dança. Para sempre.

E a mão do artista, há muitos séculos,
é também vento.

# Colosseo

Centomila pupille c'erano:
centomila pupille fisse nell'arena.

Gli occhi dell'Imperatore, dei patrizi,
dei soldati, della plebe.

Gli occhi della bella donna che i poeti cantarono.

E gli occhi della fiera incalzata,
dal lato opposto.
Gli occhi che ancora brillano fulvi,
adesso, nell'eternità eguale di tutti.

Centomila pupille:
– illustri, insensate, feroci, malinconiche,
vaghe, severe, languide...
Centomila pupille si vedono nella polvere della pietra deserta.

Tra corridoi e scalinate,
il cavo abisso dell'umido sottosuolo
esala i lugubri piaceri dell'antichità:

un vocio arcaico viene fuori dall'ombra,
– o dure voci romane! –
un caldo sangue viene erompendo,
– o nero sangue delle fiere! –
un grande aroma crudele s'inarca per le pietre curve.
– O sordo nome tremulo della morte!

# Coliseu

Cem mil pupilas houve:
– cem mil pupilas fitas na arena.

Os olhos do Imperador, dos patrícios,
dos soldados, da plebe.

Os olhos da mulher formosa que os poetas cantaram.

E os olhos da fera acossada,
do lado oposto.
Os olhos que ainda brilham fulvos,
agora, na eternidade igual de todos.

Cem mil pupilas:
– ilustres, insensatas, ferozes, melancólicas,
vagas, severas, lânguidas...
Cem mil pupilas veem-se, na poeira da pedra deserta.

Entre corredores e escadas,
o cavo abismo do úmido subsolo,
exala os soturnos prazeres da antiguidade:

Um vozeiro arcaico vem saindo da sombra,
– ó duras vozes romanas! –
um quente sangue vem golfando,
– ó negro sangue das feras! –
um grande aroma cruel se arredonda nas curvas pedras.
– Ó surdo nome trêmulo da morte!

(Non cadranno giammai queste pareti,
fissate con questo sangue, e il ruggito,
l'artiglio proteso, la gola arcuata nel vuoto,
le corde dello spasimo umano sull'ultimo rantolo...)

Centomila pupille rimangono qui,
fissate nelle pietre del tempo,
macchiate di fuoco e di morte,
alla fine del giorno tragico,
dopo quell'avida e accesa coincidenza,
quando conversero in quest'arena di angoscia,
che oggi è polvere di silenzio,
triturata solitudine.

(Le pieghe delle vesti scivolarono, fragili.
E i sorrisi si persero, futili.
Sull'enorme spettacolo, che fu dell'aroma dei cosmetici?)

(Não cairão jamais estas paredes,
pregadas com este sangue e este rugido,
a garra tensa, a goela arqueada em vácuo,
as cordas do humano pasmo sobre o último estertor...)

Cem mil pupilas ficam aqui,
pregadas nas pedras do tempo,
manchadas de fogo e morte,
no fim do dia trágico,
depois daquela ávida e acesa coincidência
quando convergiram nesta arena de angústia,
que hoje é pó de silêncio,
esboroada solidão.

(As pregas dos vestidos deslizaram, frágeis.
E os sorrisos perderam-se, fúteis.
Sobre o enorme espetáculo, que foi o aroma dos cosméticos?)

# Alabastro

Memoria di orizzonti dorati,
frange di spume e ondulate conchiglie.

Bianchi boschi barocchi
percorsi da licheni,
resine, e farfalle di madreperla.

Memoria di nubi traslucide
sbocciate nell'aureola
di una luna fosforescente.

Alabastro.
Alabastro.

Sognate cose
chiare e trasparenti
nel sonno sommerso della terra.
Pallido arcobaleno,
volo di cigni, giardino di anemoni.
Feste bianche di corallo.

Ah, gli uomini rifanno i loro sogni
sopra il tuo sogno, alabastro.

Parete di lagrime nella fine del mondo.
Muro di radiosi fantasmi,

# Alabastro

Memória de horizontes dourados
franjas de espuma e frisadas conchas.

Barrocos bosques brancos
atravessados de liquens,
resinas, e borboletas de nácar.

Memória de nuvens translúcidas
desabrochadas na auréola
de uma fosforescente lua.

Alabastro.
Alabastro.

Sonhadas coisas
claras e transparentes
no sono submerso da terra.
Pálido arco-íris,
voo de cisnes, jardins de anêmonas.
Festas brancas de coral.

Ah, os homens refazem seus sonhos
sobre teu sonho, alabastro.

Parede de lágrimas no fim do mundo.
Muro de radiosos fantasmas,

corone, consacrazione.
Lucida la pietra dorme
e inventa specchi di diamante
per i nuovi occhi dell'Aurora.

coroas, sagração.
Lúcida a pedra dorme
e inventa espelhos de diamante
para os novos olhos da Aurora.

# Natura quasi viva

Vecchi muri romani, spegnetevi,
perché brillino i colori della primavera:
– margherite, gigli, rose.
Garofani merlettati.
Tulipani chiusi.
Violette ammucchiate, rugiadose.
Mazzi di genziane,
azalee, e orchidee.
L'aulentissimo giacinto.

Giallo, azzurro, viola,
rosso, verde, bianco.
Gambi. Fino fogliame.
L'acqua che cade dal cielo, nel segreto della notte.
Il profumo che l'alba rivela.

La rubiconda fioraia incrocia le braccia,
s'avvolge nello scialle, rabbrividendo di freddo.
Al cantone, il vento è ispido. Falce rapida.

I fiori respirano l'aria della sera con delizia.
E ancora non sanno che già sono tagliati.

Nitidi e freschi.
Solidi e lucidi.
Come di porfido, alabastro, corallo:

# Natureza quase viva

Velhos muros romanos, apagai-vos,
para que brilhem as cores da primavera:
– margaridas, lírios, rosas.
Cravos rendados.
Tulipas oclusas.
Violetas amontoadas, orvalhadas.
Ramos de prunáceas.
Azaleias e orquídeas.
O olorosíssimo jacinto.

Amarelo, azul, roxo,
encarnado, verde, branco.
Hastes. Fina folhagem.
A água que cai do céu, no segredo da noite.
O perfume que a madrugada revela.

A rubicunda florista cruza os braços,
enrola-se no xaile, trêmula de frio.
Na esquina, o vento é ríspido. Foice rápida.

As flores respiram o ar da tarde com delícia.
E ainda não sabem que já estão cortadas.

Nítidas e frescas.
Firmes e lustrosas.
Como de pórfiro, alabastro, coral:

– pura perfezione, appassisce il giorno dopo.
"*Carpe diem*"...

La fioraia non dice nulla. Ma si sente che pensa come Orazio, un giorno, pensò.

– pura perfeição, murcha no dia seguinte.
"*Carpe diem*"...

A florista não diz nada. Mas sente-se que pensa
como Horácio, um dia, pensou.

# Addio a Roma

Il carciofo, il vino, le pareti di pietra,
il gatto che giocava con il raggio di sole.

(Dolce, l'inverno! E il profumo dei giacinti, delicatissimo.)

La città straniera, martoriata di guerre,
fiera nei suoi bruni muri e palazzi,
dava ombra di secoli alla mia anima.

(Dolce, l'inverno! E le acque cantavano copiosamente.)

Alle statue eterne volgevo il mio amore senza destino.
Alle fontane affidavo le mie nostalgie e le mie lagrime.
Ai morti confidavo il mio cuore commosso.
Ero fluida come un fiume, senza ora fissata.

Nessun passante mi conosceva – come nessuno conosce le onde.

Potevo restar lì seduta, coi miei occhi di solitudine e di silenzio.

(Dolce, l'inverno! E un uccellino stupiva del ramo ancora spoglio.)

Ma la vita mi prendeva come il vento fa con le nuvole.
E mi spingeva lontano, mutava il mio posto nel mondo...

# Adeus a Roma

A alcachofra, o vinho, as paredes de pedra,
o gato que brincava com o raio de sol.

(Doce, o inverno! E o perfume dos jacintos, delicadíssimo.)

A cidade estrangeira, dorida de guerras,
altiva em seus brunos muros e palácios
dava sombra de séculos à minha alma.

(Doce, o inverno. E as águas cantavam copiosamente.)

Às eternas estátuas dirigia meu amor sem destino.
Às fontes entregava minhas saudades e lágrimas.
Aos mortos confiava meu coração comovido.
Minha fluidez era a mesma do rio, sem hora marcada.

Passante nenhum me conhecia – como ninguém conhece as ondas.

Podia ficar ali sentada, com meus olhos de solidão e silêncio.

(Doce, o inverno. E um pássaro estranhava o ramo ainda sem folhas.)

Mas a vida tomava-me como o vento faz às nuvens.
Impelia-me para longe, mudava o meu lugar no mundo...

# Fattoria

Di finissimo azzurro il ciel... – foriero
di primavera, sopra fior di mandorlo.
E ancor tiepido, il latte. E odor di paglia,
trifoglio, campo, rivoli e crepuscolo.

La vacca, immensa, guarda, come in lagrime.
Sola lì nella sera, sola sola.
Muoion le voci per la fattoria,
nel silenzio e nell'ombra prolungandosi.

"Nascerà questa notte..." – brezze limpide
corron la sera; mentre si dibatte
la vacca, immensa, muta. (La sua mobile
forma, sul muro, simile ad un albero.)

Albero di dolore, solitario,
in una terra ascosa, fuor del mondo,
ignaro delle sorti, trasbordante
prodiga vita, immune da presagi...

"Nascerà questa notte..." Quale veglia!
(La man di Dio sul mansueto corpo
– che soffre come il triste corpo umano –
forse si poserà, lucida e tacita...?)

Oh! nascimento anonimo!... Oh sangue
che palpiti di stelle e mute intese...

# Granja

O azul do céu finíssimo... – o azul próximo
da primavera, sobre a flor da amêndoa.
E o leite morno, ainda. E o olor a palha,
a trevo, a campo, a arroios e crepúsculo.

A vaca imensa olhava, como em lágrimas.
Sozinha ali na tarde, ali sozinha.
Iam morrendo as vozes pela granja,
no silêncio e na sombra desdobrando-se...

"Vai nascer esta noite..." – brisas límpidas
flutuavam pela tarde. A vaca imensa
debatia-se, muda. (Sua móvel
forma, pela parede, igual a uma árvore.)

Uma árvore de dores, solitária,
numa terra secreta, além do mundo,
ignorante de sortes, transbordante
de vida generosa, sem presságios...

"Vai nascer esta noite..." Que vigília!
(A mão de Deus sobre o seu manso corpo
– sofredor como o triste corpo humano –
pousaria, talvez, lúcida e tácita...?)

Oh! nascimento anônimo!... Este sangue
palpitante de estrelas, de avenças...

# Pompei

C'erano dei, foro, terme,
giardini, affreschi nelle sale,
cani alla porta, e, per le vie,
figure, persone, parole.

Cadde la cenere sui giudici,
sui fiori e sulle statue,
sui cani e sulle persone,
sulle feste e sulle disgrazie.

L'amante s'arrestò nel bacio.
Ed egualmente s'arrestò
la lagrima sull'orlo degli occhi
dinanzi all'orizzonte di lava.

La cenere arrivò di repente
alla città spensierata.
L'albero morto di Pompei
morì pur nelle stesse ali.

# Pompeia

Havia deuses, foro, termas,
jardins, pinturas pelas salas,
cães à porta, e, nas ruas curtas,
figuras, pessoas, palavras.

Veio a cinza sobre os juízes,
sobre as flores, sobre as estátuas,
sobre os cães e sobre as pessoas,
sobre as festas, sobre as desgraças.

Quem ia amar, parou seu beijo.
E igualmente ficou parada
a lágrima à beira dos olhos
diante do horizonte de lava.

A cinza chegou de repente
à cidade despreocupada.
A árvore morta de Pompeia
morreu, também, nas próprias asas.

# Quel che mi disse il morto di Pompei

Alzami dalla cenere in cui giaccio,
rendi ai miei occhi il loro lume antico!
La lingua inerte nella bocca spiega,
drizza i miei passi, portami con te!
Lascia la morte sol con la mia alma,
per aver suo riflesso in quel ch'io dico.

E per la terra nuovamente andrò,
– forma effimera già disincantata –
ricordando l'amaro che conobbi,
nuova provando la pena passata,
insegnando a sentir l'amor che muore,
e amar tutte le maschere del nulla.

A stare, al tempo stesso, e lungi e presso,
a esser multiplo, unanime e indiviso,
poiché rimasi sveglio in piena morte,
e so quello ch'esiste e quel che è d'uopo.
Alzami dalla cenere in cui giaccio,
che io ti spieghi l'Inferno e il Paradiso.

La lingua inerte nella bocca spiega,
che i morti sanno ancor più dei Profeti.
Fammi di nuovo andar, libero e sgombro,
tra le forme, incomplete, di voi vivi.
Dimmi solo se c'è chi udir mi possa!
Se no, lasciami nelle quiete ceneri.

# O que me disse o morto de Pompeia

Levanta-me da cinza em que me encontro,
põe nos meus olhos o seu lume antigo!
Desdobra-me na boca a língua imóvel,
ergue os meus passos, leva-me contigo!
Deixa a morte somente com a minha alma,
para haver seu reflexo no que digo.

Andarei pela terra novamente,
– forma efêmera já desencantada –
recordando a tristeza que sabia,
provando de outro modo a dor passada,
ensinando a sentir o amor que morre,
e a amar todas as máscaras do nada.

E a estar, ao mesmo tempo, longe e perto,
e a ser múltiplo, unânime e indiviso,
porque estive acordado em plena morte,
e sei tudo o que existe e o que é preciso.
Levanta-me da cinza em que me encontro,
para explicar-te o Inferno e o Paraíso!

Desdobra-me na boca a língua imóvel,
que os mortos sabem mais do que os Profetas.
Faze-me andar de novo, isento e livre,
entre as formas dos vivos incompletas.
Dize-me apenas se há quem possa ouvir-me!
Senão, deixa-me estar nas cinzas quietas.

# Descrizione
## (Giardino d'acqua)

In cima alla cascata, sussurrante,
chinavansi le rosee lavandaie
sopra acque di musica e diamante.

Le statue secolari vedo ancora,
di tra i cipressi spumeggiati d'acqua,
che sprizza in getti e l'aria intorno irrora.

Limo di pietra, muschio, licheni,
freddo umido dell'ore luminose,
lungi portavan la voce del giorno.

Mille zampilli, e fontane, e cascate...
Lagrima e canto, piange e ride l'acqua,
man diafana cancella e nomi e date.

Vedo i gradini, dell'edera i rami
che s'intrecciano in muri, in ombra, in tempo,
Estate, Inverno, Autunno e Primavera...

L'acqua passava, rapida e sonora,
– mio volto, sogno e nostalgia in che luogo
di questa terra vi trovate ora?

Tutto quel che già fummo è via portato
e siamo distaccati a poco a poco
da tutto quel che amammo nel passato.

# Descrição
## (Jardim de água)

No topo da cascata, sussurrante,
debruçavam-se as róseas lavadeiras
sobre as águas de música e diamante.

Ainda vejo as estátuas seculares,
entre os ciprestes espumosos da água
atirada em repuxos pelos ares.

Limo de pedras, musgo, liquens, fria
umidade das horas luminosas
levavam para longe a voz do dia.

Mil repuxos, mil fontes, mil cascatas...
Água que chora e ri, lágrima e canto,
mão diáfana a apagar nomes e datas.

Ainda vejo os degraus, os braços da hera
a entrelaçar em muros, sombra, tempo,
Verão, Inverno, Outono e Primavera...

E a água passava, rápida e sonora,
– e onde estais, rosto meu, sonho, saudade,
em que lugar da terra estais agora?

Tudo quanto já fomos é levado
e vamos sendo aos poucos desprendidos
de tudo quanto amamos no passado.

Come in lagrime se ne andò la vita
per scalinate d'acqua via correndo,
con tanta fretta e senza alcun commiato...

Ah! orologio di musica e diamante...
Nell'azzurro del ciel, le lavandaie
lavan, ridendo, il trasparente giorno.

Como em lágrimas foi-se a minha vida
pelas escadas d'água resvalante,
com tanta pressa e tão sem despedida...

Ah! relógio de música e diamante...
No azul do céu, risonhas lavadeiras
iam lavando o transparente dia.

# Pompei

Voi, che vedeste Dio, cosa provaste?
bocca dischiusa e pallida di morti,
cener di grido, affanno di rimpianti...

Quel vel, di cecità, sugli occhi, e il freddo
d'angoscia sulla pelle, ed il dolore
della vita, languente ed imperfetta...

Voi, che vedeste Dio, e pur soffrite
e sentite nel corpo quel che era
carne disfarsi in semplice pensiero,

siete adesso un giardino disperato:
– il vento che correva era di fuoco,
l'acqua un tumultuoso abisso e amaro.

Dio subito e imprevisto dei terrori,
senza avviso e perdono. Che provaste,
voi, che vedeste Dio e siete oggi altri?

## POMPEIA

Vós, os que vistes Deus, como ficastes?
boca entreaberta e pálida de mortos,
cinza de grito, arquejo de saudades...

(Esse véu pelos olhos, de cegueira,
esse frio de pasmo sobre a pele,
e a dor da vida, lânguida e imperfeita...)

Vós, os que vistes Deus, e estais sofrendo,
e sentis pelo corpo o que era carne
desencadear-se em puro pensamento,

sois agora um jardim desesperado:
– que o vento que corria era de fogo,
e a água um abismo tumultuoso e amargo.

Deus súbito, imprevisto Deus de assombros,
sem aviso ou perdão. Como ficastes,
vós, os que vistes Deus, e hoje sois outros?

# Roma

Bruna e rossa.
Color della crosta del pane, con trecce di miele.
Salendo dal fiume fulvo, coperta d'autunno,
colle sopra colle, tra giardini e fontane,
tra colonne e archi,
tra ponti e porte,
fiera, senza mirarsi nelle lucide acque.

Con la luna e il sole ai fianchi,
allattandoli, bruna e rossa,
con seni d'argilla e di bronzo.

Guardando avanti, lontano,
come un tempo la lupa coi gemelli.

Dimenticando il mondo infranto dietro i suoi passi.

# Roma

Morena e ruiva.
Cor da crosta do pão, com tranças de mel.
A subir do rio fulvo, coberta de outono,
colina sobre colina, entre jardins e fontes,
entre colunas e arcos,
entre pontes e portas,
altiva, sem se mirar nas águas lúcidas.

Com a lua e o sol nos flancos,
a amamentá-los, morena e ruiva,
com peitos de barro e bronze.

A olhar para a frente, para longe,
como outrora a loba com os gêmeos.

A esquecer o mundo quebrado atrás de seus passos.

# Cave Canem

*Cave Canem!* – avvisa il mosaico
secolarmente cauteloso
e adesso inutile.

*Cave Canem!* – ripete all'aria ogni passante che legge.

*Cave Canem!* – circolano le lettere di pietra in mezzo alle rovine.

Ma il cane è una figura immobile,
un ritratto paziente, in quadratini neri e bianchi,
un disegno sul pavimento.

Il tesoro della casa, i padroni della casa, gli amici e le visite
sono andati con il loro cane verso il cataclisma

*Cave Canem!* –
il cataclisma che non esitò di fronte al cane di nessuna porta.

# CAVE CANEM

*Cave Canem!* – avisa o mosaico,
secularmente precavido
e agora inútil.

*Cave Canem!* – repete aos ares cada passante que o lê.

*Cave Canem!* – circulam as letras de pedra por entre as ruínas.

Mas o cão é uma figura imóvel,
um retrato paciente, em quadradinhos pretos e brancos,
um desenho no chão.

O tesouro da casa, os donos da casa, os amigos e visitantes
viajaram com o seu cão para o cataclisma –

*Cave Canem!* –
o cataclisma que não hesitou diante do aviso de porta alguma.

# Assemblea di porfido

Solo io sono arrivata, carica d'inverno.
Solo io respiro in questa fredda sala di marmo.
Fredda di morte.

Non vi turbate, grandi, immobili, duri busti di porfido,
fino profilo di Augusto,
grassa testa di Nerone,
imperatori riuniti in questa anacronistica assemblea,
con maschere color di mosto,
colore di remoto sangue.

Solo io sono arrivata,
unico volto vivo, a mirare i vostri volti.
Ed in silenzio contemplo.

L'Angelo che giudica non viene qui, ben lo sapete.
E se alcuno sa, siete voi, quel che disse l'altro Angelo, in vostra presenza.

Solo io sono arrivata.
Restate tranquilli sui vostri plinti.
Non è ancora la fine del mondo. Non ancora tornerete a respirare,
nonostante le narici perfette e le nitide labbra.

Poiché sono arrivata io, soltanto:
– un'ombra come tante che neppure vedeste,
e che può pensare a voi tutti.
Addio.
Che il silenzio vi protegga, per ora.

# Assembleia de pórfiro

Apenas eu cheguei, carregada de inverno.
Apenas eu respiro nesta fria sala de mármore.
Fria de morte.

Não vos perturbeis, grandes, imóveis, duros bustos de pórfiro,
fino perfil de Augusto,
gorda cabeça de Nero,
imperadores reunidos nesta anacrônica assembleia,
com máscaras cor de mosto,
cor de remoto sangue.

Apenas eu cheguei,
único rosto ainda vivo a mirar vossos rostos.
E em silêncio contemplo.

O Anjo que julga não vem aqui, bem o sabeis.
E, se alguém sabe, sois vós, do que disse o outro Anjo, na vossa frente.

Apenas eu cheguei.
Sossegai nos vossos plintos.
Ainda não é o fim do mundo. Ainda não voltareis a respirar,
apesar das perfeitas narinas e dos nítidos lábios.

Pois fui eu que cheguei, apenas:
– uma sombra como tantas que nem vistes,
e que pode pensar em todos vós.
Adeus.
Que o silêncio vos guarde, por enquanto.

# Via Appia

Pietre non calpesto, soltanto:
– ma le mani stesse che qui le collocarono,
il sudore delle fronti e le parole antiche.

Rovine non vedo, soltanto:
– ma i morti che qui furono custoditi,
con i loro coraggi e le paure della vita e della morte.

Vivere non vivo, soltanto:
– ma d'amore cingo la brezza e la polvere,
anch'io futura polvere in altra brezza.

Perché non son questa, soltanto:
– ma quella di ogni instante umano,
in tutti i tempi che passarono. E fino a quando?

# Via Appia

Pedras não piso, apenas:
– mas as próprias mãos que aqui as colocaram,
o suor das frontes e as palavras antigas.

Ruínas não vejo, apenas:
– mas os mortos que aqui foram guardados,
com suas coragens e seus medos da vida e da morte.

Viver não vivo, apenas:
– mas de amor envolvo esta brisa e esta poeira,
eu também futura poeira noutra brisa.

Pois não sou esta, apenas:
– mas a de cada instante humano,
em todos os tempos que passaram. E até quando?

# Colori

Salve d'oro fosco.
Molte salve sulla tavola del cielo,
in questa tavola di lapislazzoli,
con broccati fruscianti d'albero ancora ibernale
e disegni di pianta di rose in fioritura.

Salve d'oro fosco
in cui brillano l'ananasso e la pesca:
velluti fulvi,
curve e pieghe tumide e rigide.

Il mandarino e la pera e l'uva di topazio
bruciano con cautela
opachi riflessi di astri gialli.

Salve di oro fosco
e densi cristalli di vino:
– d'immobile, aureo, intatto vino. Aroma e brace.

Tutto in attesa, tra i vigilanti cipressi
e le abbattute colonne,
che le statue scendano dagli architravi,
dai giardini, dalle scalinate, dalle fontane,
e vengano ad adagiare tra i giacinti,
per la merenda vespertina,
il candore della loro nudità felice.

(Le tuniche di marmo già si schiudono, al vento...)

# Cores

Salvas de ouro fusco.
Muitas salvas na mesa do céu,
nesta mesa de lápis-lazúli,
com brocados roçagantes de árvore ainda hibernal
e desenhos de já desabrochante roseira.

Salvas de ouro fusco
onde brilham o ananás e o pêssego:
– veludos fulvos,
curvas e pregas túmidas e rígidas.

A mandarina e a pera e as uvas de topázio
queimam cuidadosas
baços reflexos de astros amarelos.

Salvas de ouro fusco
e densos cristais de vinho:
– de imóvel, áureo, intacto vinho. Aroma e brasa.

Tudo à espera, entre os vigilantes ciprestes
e as derrubadas colunas,
que as estátuas desçam das arquitraves,
dos jardins, das escadas, das fontes,
e venham reclinar entre os jacintos,
para a merenda vesperal,
a brancura da sua nudez feliz.

(As túnicas de mármore já se entreabrem, ao vento...)

# Fontana di Trevi

Qui mi rifugio,
in questa frigida fucina di cristallo,
piena di faville di spuma.

Qui, dove arrivano cavalli mitologici
evasi dai secoli,
con ferri di berillo e di topazio,
e gli occhi allucinati
dallo spettacolo del mondo momentaneo.

Aggrappata alle loro criniere,
andrò con loro, quando fuggiranno,
romperò anch'io i limiti della pietra e del tempo,
e arriverò al remoto mondo degli dei,
sereno e solenne,
per balbettare ai loro vecchi orecchi
questa umana avventura,
in forma di canzone, lunga, dolente e calma.

# Fontana di Trevi

Aqui me refugio,
nesta frígida forja de cristal,
cheia de chispas de espuma.

Aqui, onde chegam cavalos mitológicos
evadidos dos séculos,
com ferraduras de berilo e de topázio,
e de olhos desvairados
pelo espetáculo do mundo momentâneo.

Agarrada às suas crinas,
irei com eles, quando fugirem,
romperei também os limites da pedra e do tempo,
e chegarei ao remoto mundo dos deuses,
sereno e solene,
para balbuciar aos seus velhos ouvidos
esta humana aventura,
em forma de canção, longa, dorida e calma.

# Geografia

Qual'è la città che, vista all'inverso, risiede nel cuore?

Qual'è, Dolores, Giulia, Smeralda,
bambine di un tempo, già morte o sparite...?
Scrivete sul margine del vecchio compendio,
trasferito ora in collegi aerei,
scrivete sulla lavagna della notte,
sui quaderni evaporati delle nuvole:
qual'è la città che, detta all'inverso, risiede nel cuore?

Ricordatevi dei vecchi giorni terreni,
dei primi giorni umani,
quando cominciavamo a giocare con l'alfabeto,
quando prendevamo conoscenza del pianeta rotondo,
che girava sull'asse di ferro, sopra il tavolo...

Ricordatevi dell'oceano azzurro che principiavamo a conoscere,
dei nomi dei mari e dei golfi,
della linea sinuosa dei fiumi,
di quella parola che ancora non sapevamo essere sì vasta:
MEDITERRANEO...

Dolores, Giulia, Smeralda,
ci fu un tempo in cui il mondo era solo la carta lucida
                                       [dell'atlante...
Ricordatevi della nostra lenta navigazione,
delle nostre felici, innocenti scoperte...

# Geografia

Qual é a cidade que, vista ao contrário, está no coração?

Qual é, Dolores, Júlia, Esmeralda,
meninas de outrora, já mortas ou desaparecidas...?
Escrevei à margem do compêndio antigo,
transferido agora para colégios aéreos,
escrevei no quadro-negro da noite,
nos cadernos evaporados das nuvens:
qual é a cidade que, dita ao contrário, está no coração?

Lembrai-vos dos velhos dias terrenos,
dos primeiros dias humanos,
quando principiávamos a brincar com o alfabeto,
quando tomávamos conhecimento do planeta redondo,
a girar no seu eixo de ferro, em cima da mesa...

Lembrai-vos do oceano azul que apenas aprendíamos,
dos nomes dos mares e golfos,
da linha sinuosa dos rios,
dessa palavra que ainda não sabíamos ser tão vasta:
MEDITERRÂNEO...

Dolores, Júlia, Esmeralda,
houve um tempo em que o mundo era apenas o papel lustroso do
 [mapa...
Lembrai-vos da nossa vagarosa navegação,
dos nossos felizes, inocentes descobrimentos...

ROMA
AMOR

Ecco qui la città. E l'amore?
Che amore? Che amore? – dite voi.

ROMA
AMOR

A cidade aqui está. E o amor?
Que amor? Que amor? – dizei...

# Abitanti di Roma

Ecco un popolo che va e parla,
diurno e senza mistero,
dall'altero profilo, le spalle arroganti,
il gesto ampio e superlativo.

Ecco un popolo di marmo e di bronzo,
in cima alle colonne, tra le acque delle fontane,
sui muri dei giardini e sui parapetti, –
che conserva l'atteggiamento e il gesto,
e insiste, giorno e notte
nel silenzioso discorso,
nella muta conversazione.

Ecco un popolo di cenere, da per tutto,
un vasto popolo sotterraneo,
che si alza nell'alta notte di Roma,
che sale a fior di terra,
che viene da tumuli e catacombe,
cerca la corona sulla fronte,
la fibbia della toga,
il sangue che scorre dal petto,
il profumo che scorre nelle trecce...
Un popolo che cerca i propri occhi
e torna a vedere la porta, l'arco, il cipresso,
la colonna e il muro,
il foro e le terme,

# Habitantes de Roma

Eis um povo que anda e fala,
diurno e sem mistério,
de altivo perfil, de arrogantes espáduas,
de amplo e superlativo gesto.

Eis um povo de mármore e bronze,
por cima das colunas, entre as águas das fontes,
nos muros dos jardins e parapeitos, –
que guarda a atitude e o gesto
e insiste, dia e noite,
no silencioso discurso,
na muda conversação.

Eis um povo de cinza, por toda parte,
um vasto povo subterrâneo,
que se levanta na alta noite de Roma,
que sobe à flor da terra,
que vem de túmulos e catacumbas,
procura a coroa na testa,
a fivela da toga,
o sangue a correr do peito,
o perfume a correr nas tranças...
Um povo que procura os próprios olhos
e que torna a ver a porta, o arco, o cipreste,
a coluna e o muro,
o foro e as termas,

il suono della conchiglia monumentale del Colosseo,
l'orma degli Angeli tra le fiere.

Ecco un popolo doloroso,
sveglio nell'alta notte,
imbevuto di luce lunare,
trasparente e fluttuante,
su Roma, su Roma,
con voce senza bocca, sogno senza eco – tutto polvere.

o som da concha monumental do Coliseu,
o rastro dos Anjos entre as feras.

Eis um povo doloroso,
na alta noite acordado,
embebido de luar,
transparente e flutuante,
sobre Roma, sobre Roma,
com voz sem boca, sonho sem eco, – todo em pó.

# Muri di Roma

Sui muri dell'urbe si disegnano gli alberi,
gialli, rugginosi, fragili,
quassi fossili.

Sui muri dell'urbe scivola il sole del crepuscolo
freddo, coronato di vento:
questo limpido e frivolo crepuscolo odierno.

Sui muri dell'urbe si disegnano vecchie mani:
mani d'argilla e di fuoco, mani senza nome,
che ancora non hanno imparato a dormire del tutto.

Sui muri dell'urbe le mani scorrono, tozze e agili,
con nere unghie, dure vene: scorrono, contornano,
palpano, calcolano a piombo e livella.

Sui muri dell'urbe, dorati dal sole,
scivolano le mani postume, dorate di terra.

Conversano tra loro le mani al di sopra dei muri.
Ricordo dell'antico lavoro.
Nostalgia di costruire.

Sui muri dell'urbe scivola l'ombra dei sogni d'oggi
delle ore veloci,
nel limpido e frivolo crepuscolo odierno.

Quando dormiranno le mani diligenti
degli instancabili antenati?

# Muros de Roma

Nos muros da urbe desenham-se as árvores
amarelas, ferrugentas, frágeis,
quase fósseis.

Nos muros da urbe desliza o sol da tarde
fria, coroada de vento:
esta límpida e frívola tarde atual.

Nos muros da urbe desenham-se velhas mãos;
mãos de barro e fogo, mãos sem nome,
que ainda não aprenderam a dormir completamente.

Nos muros da urbe, as mãos perpassam, grossas e ágeis,
com negras unhas, duras veias: – perpassam, contornam,
apalpam, calculam aprumo e nível.

Nos muros da urbe, dourados de sol,
deslizam as mãos póstumas, douradas de terra.

Umas com as outras conversam as mãos por cima dos muros.
Lembranças do trabalho antigo.
Saudade de construir.

Nos muros da urbe desliza a sombra dos sonhos de hoje,
de horas velozes,
na límpida e frívola tarde atual.

Quando dormirão as mãos diligentes
dos incansáveis antepassados?

# DEPREDAZIONE

Uomini che ordinarono? Mani che ubbidirono?
Ora il lavoro è stato fatto!
– portarono via colonne, statue e porte,
distrussero palazzi e templi.
(Non sentivano tenerezza? Non sentivano rimpianto?)
Compivano gli ordini del tempo.
Si uccidevano gli dei, si sfasciava l'impero,
ammutolirono i vecchi artefici.
Lontano andarono il porfido e il bronzo:
– verso altri luoghi, stranieri.
E in altri luoghi, il porfido e il bronzo,
gli dei, l'impero disfatto,
le vecchie colonne, le porte e le statue
sono come un estremo clamore,
grido di una vita che più non si vive,
la fine di un evento.

E il Presente, vivo, non trattiene né fa tacere
l'immenso Passato andato via.
Le acque cerchiano di malinconia
lo sguardo dell'orizzonte, lento...

# Espólio

Homens que ordenaram? Mãos que obedeceram?
Agora, o trabalho está feito!
– levaram colunas, estátuas e portas,
destruíram palácios e templos.
(Não tinham ternura? Não tinham saudade?)
Cumpriam as ordens do tempo.
Matavam-se os deuses, quebrava-se o império,
calavam-se os velhos obreiros.
Para longe foram o pórfiro e o bronze:
– para outros lugares alheios.
E, noutros lugares, o pórfiro e o bronze,
os deuses, o império desfeito,
as velhas colunas, as portas e estátuas
são como um clamor derradeiro,
grito de uma vida que não se vive,
o fim de um acontecimento.

E o Presente, vivo, não prende nem cala
o partido Passado imenso.
As águas contornam de melancolia
o olhar do horizonte, lento...

# *"...Writ in water..."*

*Al "Young English Poet",
nel suo sepolcro, in Roma*

C'è un nome sulle acque:
– un nome di poeta.
Un nome nelle fontane
cantanti di Roma,
liquido braccialetto
delle ninfe di pietra.

C'è un nome sulle acque:
– un nome di poeta.
C'è un nome tra le ombre
degli dei del Tevere,
corona di rose
che l'acqua via trascina.

C'è un nome sulle acque:
– un nome di poeta.
Suono d'auree conchiglie
nei cristalli profondi,
d'echi di madreperla
dentro segreta grotta.

C'è un nome sulle acque.
C'è il tuo nome, Poeta.
E' la firma tua breve

# "...Writ in water..."

*Ao "Young English Poet",
na sua sepultura em Roma*

Há um nome nas águas:
– um nome de poeta.
Um nome nas fontes
cantantes de Roma,
líquida pulseira
das ninfas de pedra.

Há um nome nas águas:
– um nome de poeta.
Há um nome entre as sombras
dos deuses do Tibre,
coroa de rosas
que a torrente leva.

Há um nome nas águas:
– um nome de poeta.
Som das áureas conchas
nos cristais profundos,
dos ecos de nácar
em gruta secreta.

Há um nome nas águas.
Há o teu nome, Poeta.
Breve assinatura

sulle onde del tempo.
Segno dell'alma, rapido,
su una pagina eterna.

nas ondas do tempo.
Letra da alma, rápida,
em página eterna.

# *Ah! Santa Maria...*

Sebbene tu stia servendo
aperitivi e liquori,
il tuo profilo parla,
i tuoi occhi dicono
cose di età lontane.

Il tuo forte naso di statua,
le tue palpebre notturne,
sono colonne, archi, porte
che il tempo salvò di un mondo
spezzato in lapidi e urne.

*(Ah, Santa Maria in Trastevere...)*

La tua carne d'alabastro
conserva l'antica tristezza
dei limpidi sconfitti iddii,
che nell'umano convivio
trovano incanto e fatica.

Le tue mani diligenti,
con rosse dita d'aurora,
scrivon nell'acqua e nei calici
vecchie nostalgie romane
e commiati di altri tempi.

*(Ah, Santa Maria in Trastevere...)*

# AH! SANTA MARIA...

Por mais que estejas servindo
aperitivos, licores,
teu perfil está falando,
teus olhos estão dizendo
coisas de eras anteriores.

Teu longo nariz de estátua,
tuas pálpebras noturnas
são colunas, arcos, portas
que o tempo salvou de um mundo
quebrado em lápides e urnas.

            (*Ah, Santa Maria in Trastevere...*)

Tua carne de alabastro
guarda essa tristeza antiga
dos claros deuses vencidos,
que acham no convívio humano
encantamento e fadiga.

E tuas mãos diligentes,
com rubros dedos de aurora,
escrevem na água e nos copos
velhas saudações romanas
e despedidas de outrora.

            (*Ah, Santa Maria in Trastevere...*)

Sebbene tu stia servendo
liquori ed aperitivi!
con volto d'eternità,
sei un bel defunto allegro
che consoli tristi viventi...

Por mais que estejas servindo
licores e aperitivos!
com rosto de eternidade,
és um belo morto alegre
a consolar tristes vivos...

# Lampadario

Quando il lampadario si accese,
nessuno riuscì a parlare:
– s'aprì nella notte un mondo di cristallo,
di repente cantarono uccelli,
azzurri e bianchi.

Tutti sembravano perduti e piccoli,
sotto il getto di luce soprannaturale.

Tutti alzarono gli occhi, taciti e umili,
nella fonda notte illuminata:
– ci fu cielo nuovo, fogliame di giardini,
spiagge con sirene, conchiglie, pesci e barche...

Antiche divinità si alzarono,
rugiadose d'oro e di mare...

Tutti rimasero felici, sotto il lampadario,
e ognuno ne contemplava le apparizioni.

Però sarebbe bastato un soffio di vento
perché tutto divenisse semplice sabbia volante:
– ché l'aurea festa colorita e luminosa
era appena di vetro e d'immaginazione.

O lampadario d'angoscia e di giubilo,
inaspettata primavera, ardente favola...

# Lustre

Quando o lustre se acendeu,
ninguém pôde falar:
– abriu-se na noite um mundo de cristal,
cantaram pássaros de repente,
azuis e brancos.

Todos pareciam perdidos e pequenos,
sob o jorro de luz sobrenatural.

Todos levantaram os olhos, calados e humildes,
na meia-noite iluminada:
– houve um céu novo, ramagens de jardins,
praias com sereias, conchas, peixes e barcos...

Deuses antigos se levantaram,
orvalhados de ouro e de mar...

Todos ficaram felizes, sob o lustre,
e cada um contemplava suas aparições.

Se o vento batesse, porém,
tudo se tornaria simples areia voante:
– que a aérea festa colorida e luminosa
era apenas de vidro e imaginação.

Ó lustre de angústia e júbilo,
inesperada primavera, ardente fábula...

# Viandante

In te cammino, Roma di alti cipressi e larghe acque,
come dietro a me stessa,
qualche giorno dopo la mia morte.

Incontro i miei propri angeli,
con le ali aperte, ad ogni cantone,
e i miei occhi, con palpebre di pietra,
in ogni fontana:
pieni fino all'orlo.

Contemplo le mie colonne abbattute,
e a nessuna porta mi fermo,
e su nessun giardino sospiro più.

In te cammino, Roma degli alti sogni e delle larghe rovine,
come, dopo me stessa,
dietro a un altro destino.

Cammino, cammino, cammino,
e sento l'estensione dei miei antichi muri,
e, con profonda pena,
ascolto la lunga tromba mitologica
diffondere alle nuvole effimere
disperse notizie arretrate
d'inutile Gloria e di possibile Amore.

# Caminhante

Ando em ti, Roma de altos ciprestes e largas águas,
como atrás de mim mesma,
algum dia depois da minha morte.

Encontro meus próprios anjos
de asas abertas em cada esquina
e meus olhos com pálpebras de pedra,
em cada fonte:
– cheios até a borda.

Contemplo minhas abatidas colunas,
e a nenhuma porta paro,
e sobre nenhum jardim suspiro mais.

Ando em ti, Roma dos altos sonhos e das largas ruínas,
como depois de mim mesma,
atrás de um outro destino.

Ando, ando, ando,
e sinto a extensão de meus antigos muros
e, com profunda pena,
escuto a longa tuba mitológica
derramando para nuvens efêmeras
dispersas notícias atrasadas
de inútil Glória e possível Amor.

# Nuova Madonna a Sorrento

Felici quelli che giunsero
in quel giorno di lunedì,
in mezzo a sospiri di spuma
e ad aromi di aranci!
Felici, perché ti videro
eretta sull'alto del muro.

I cavalli galoppavano,
grandi piume sulla fronte
e nastri intorno alle orecchie,
perché era giorno di festa.
Brillavi, bianca e rossa,
contro l'aranceto oscuro.

Bianco e rosso, il tuo volto
bagnato in acqua di rose,
com'è del dì dopo Pasqua.
O bella di tra le belle,
felici quei che ti videro
eretta sull'alto del muro.

Di colpo, veder credettero
nuova Madonna smaltata.
Brillavi in maniera tale
sull'alto del muro eretta,
che in ogni vita di cenere
ci fu un sogno d'oro puro.

# Nova Madona em Sorrento

Ditosos os que chegaram
naquela segunda-feira,
entre suspiros de espuma
e aromas de laranjeira!
Ditosos, porque te viram
postada no alto do muro.

Os cavalos galopavam
com grandes plumas na testa
e laços pelas orelhas,
pois era dia de festa.
Brilhavas, branca e vermelha,
contra o laranjal escuro.

Branco e vermelho, teu rosto,
banhado em água de rosas,
como é próprio da Pascoela!
Ó formosa entre as formosas,
ditosos os que te viram
postada no alto do muro.

Pensaram ver, de repente,
nova Madona esmaltada.
Brilhavas de tal maneira
no alto do muro postada,
que em cada vida de cinza
houve um sonho de ouro puro.

E i cavalli galoppavano
con le loro piume e i nastri.
Sul petto non avevi fiori:
– non bastavano le tue braccia?
E gli occhi di chi ti vedeva
davan fiamme, sul tuo muro.

E os cavalos galopavam
com suas plumas e laços.
Teu peito não tinha flores:
– pois não bastavam teus braços?
E os olhos de quem te via
punham chamas, no teu muro.

# Pioggia sul palazzo dei Dogi

Come salir la grande scalinata,
se sì superba viene giù la pioggia,
che si riversa simile a cascata?

Se dalle gallerie fugge la luce,
e un largo vento soffia, ed avvolge
e le fredde colonne e le sculture?

      (E si perdono i passi per i vasti
      saloni delle feste e delle angosce,
      di gesti vani, e di consunte scene...

      Gli occhi si perdon lungo le figure
      che vengon sostenendo ai cinque lati
      vecchie e già superate bravure.

      Rabbrividisce la vetrata antica
      – quale un uccello di cristal ferito
      dal vento che per le fessure passa.

      E la voce si perde tra le spade,
      nelle panoplie – acciaio dei ventagli
      delle immobili lame levigate,

      – negli ornamenti fini degli scudi
      e nelle cautelose armature,
      e nei cimieri dai profili acuti,

# Chuva no palácio dos Doges

Como subir a grande escada,
se a chuva cai soberbamente,
toda em cascata derramada?

se a luz foge das galerias,
e um largo vento sopra e envolve
colunas e esculturas frias?

    (Perdem-se os passos pelas vastas
    salas de festas e de angústias,
    dos gestos vãos, das cenas gastas...

    Perdem-se os olhos nas figuras
    que por cinco lados sustentam
    velhas e vencidas bravuras.

    Estremece a antiga vidraça
    – pássaro de cristal ferido
    pelo vento que em frechas passa.

    Perde-se a voz entre as espadas,
    nas panóplias, – no aço dos leques
    das lisas lâminas paradas,

    – no fino adorno dos escudos,
    nas armaduras cautelosas,
    nos elmos, de perfis agudos,

in mezzo a santi, a papi, a guerrieri,
che sui soffitti e le pareti d'oro
muovonsi come se fossero veri.

E la vita si perde, nelle scure
prigioni dalle porte poderose,
con le ombre di morte creature.

E l'anima si perde in questi luoghi,
con il passato eretto lungo i muri,
e con gli dei visibili, nell'aria...)

E come scender questa scalinata?
Come tornare ad essere mortali
e di nuovo accettare il mondo vuoto?

Come vivi restar, tra questi venti
e sotto questa pioggia – trastornati
ancor dall'eco di codesti luoghi?

entre santos, papas, guerreiros,
que em tetos e paredes de ouro
se movem, quase verdadeiros.

Perde-se a vida, nas escuras
prisões de portas poderosas
com sombras de mortas criaturas.

Perde-se a alma, nestes lugares,
com o passado erguido nos muros,
e os deuses visíveis, nos ares...)

E como descer esta escada?
Como ser mortal, novamente
e aceitar o mundo sem nada?

Como estar vivo, entre estes ventos,
sob esta chuva – desvairado
pelo eco destes aposentos?

# ROMA

Roma – melagrana, pelle dorata di mattone,
grani rossi e tumidi d'occaso:
– scompartimenti di secoli
in porfido, marmo, bronzo, meticoloso mosaico.
Imperatori, santi, martiri, soldati, gente anonima
in ogni nicchia, in ogni alveolo dell'antichità.

Tutto in lagrime e sangue,
in tempo accumulato,
in sudore di molte stanchezze e guerre,
in corone di gloria,
immensamente lontano...

Roma – melagrana crepuscolare, tra la campagna e il fiume.
Le api di pietra la sognano.
L'acqua delle fontane la piange, la lava, la piange...
La Madonna l'addita al suo Bambino, addolorata.
Bocche di bronzo l'assaggiano, con denti sonori,
con lingua nostalgica raccontano le sue favole
alle nuove onde del Tevere,
alle nuove acque che passano,
e disfano nel loro cammino
tutto questo peso d'antichità.

Nota: La melagrana in portoghese è "romã"; di qui, nell'originale, il senso immediato e fonico di un accostamento, che può sorprendere in italiano.

# Roma

Roma – romã, dourada pele de tijolo,
grãos rubros e túmidos de ocaso:
– compartimentos de séculos
em pórfiro, mármore, bronze, meticuloso mosaico.
Imperadores, santos, mártires, soldados, gente anônima
em cada nicho, em cada alvéolo da antiguidade.

Tudo em lágrimas e sangue,
em tempo acumulado,
em suor de muitos cansaços e guerras,
em coroas de glória,
imensamente longe...

Roma... romã crepuscular, entre o campo e o rio.
As abelhas de pedra sonham-na.
A água das fontes chora-a, lava-a, chora-a...
A Madona aponta-a ao seu Bambino, dolorida.
Bocas de bronze provam-na, com dentes sonoros,
com língua saudosa contam suas fábulas
às novas ondas do Tibre,
às novas águas que passam,
que desmancham pelo caminho
todo esse peso da antiguidade...

# Gli acquedotti


Per la campagna romana camminano gli acquedotti,
grandi passi di pietra da orizzonte a orizzonte.
Acquedotti in rovina, vecchi schiavi per mano
che un giorno portarono l'acqua, eternamente libera.

I secoli scissero in gruppi la lunga fila continua,
ne spezzarono i ceppi interruppero il lavoro.
E l'acqua, che correva, si fermò.
Quelli, fermi, continuano a camminare.

Ancora camminano per la campagna romana gli acquedotti in rovina,
giorno e notte, giorno e notte, nelle quattro stagioni dell'anno,
fino a che non sia disfatta l'ultima pietra.
Adesso portano la memoria dei tempi e degli uomini,
il pensiero dei viaggiatori che li contemplano,
la lezione della vita, nei vecchi archi inutilizzati...

O sogno, o progetto, o secolari inaugurazioni!

# Os aquedutos

Pela campanha romana caminham os aquedutos.
Grandes passadas de pedra de horizonte a horizonte.
Despedaçados aquedutos, velhos escravos de mãos dadas
que um dia transportaram a água, eternamente livre.

Os séculos dividiram em grupos a fileira contínua,
quebraram as algemas, interromperam o trabalho.
A água, que corria, parou.
Eles, parados, ainda caminham.

Ainda caminham pela campanha romana os aquedutos em ruína,
dia e noite, dia e noite, nas quatro estações do ano,
até que seja dissipada a última pedra.
Agora conduzem a memória dos tempos e dos homens,
o pensamento dos viajantes que o contemplam,
a lição da vida, nos velhos, inutilizados arcos...

Ó sonho, ó projeto, ó seculares inaugurações!

# Messaggio

Adesso ho nostalgia di quell'anonima guida
che in Italia m'accompagnò a una festa popolare.
Donne robuste gridavano forte: "Ecco, ecco, è Giuseppe!"
"No, sì, no, sì..."
quando il cantante apparve, con vestito del secolo XIV.

La guida, gentile e triste, delicatamente, mi sedette vicino,
s'accertò che la mia sedia fosse ben ferma,
poi, fissò con malinconia lo spettacolo, nel cortile del castello.

Allora, delicatamente, gli porsi il sacchetto delle caramelle,
perché si servisse,
Ma dolcemente portò la palma della mano al mento,
e mormorò con estrema gentilezza: "No, grazie..."
e, più basso, aggiunse "che aveva un dente cariato, e gli faceva molto male..."

Vada a quella guida sincera,
perduta tra le torri di San Gimignano,
la mia tenera, umana nostalgia
– mai nessuno mi fece così pura e semplice confidenza.

# Mensagem

Agora tenho saudade daquele anônimo guia
que na Itália me acompanhou a uma festa popular.
Mulheres robustas gritavam com força: *"Ecco, ecco, è Giuseppe!"*
*"No, sì, no, sì..."*
quando o cantor apareceu, com roupas do século XIV.

O guia, meigo e triste, delicadamente sentou-se a meu lado,
verificou se a minha cadeira estava firme,
depois, fitou com melancolia o espetáculo no pátio do castelo.

Então, delicadamente, lhe estendi um saco de balas,
para que se servisse.
Mas docemente levou a palma da mão ao queixo,
e murmurou com extrema gentileza: *"No, grazie..."*
e, mais baixinho, acrescentou "que tinha um dente furado, e doía muito..."

Vai para esse guia sincero,
perdido entre as torres de São Giminiano,
a minha terna, humana saudade:
— nunca ninguém me fez tão pura e simples confidência.

# Il Santo

La coppia aveva lasciato il campo,
per venire a vedere il Santo.

        Dicevano che era intatto,
        dai secoli risparmiato,
        solennemente vestito,
        come se ancor fosse vivo,
        e come chi sta sognando,
        sotto una volta di vetro,
        reclinato.

Per venire a vedere il Santo,
la coppia aveva lasciato il campo.

        Umili, quiete, compunte,
        tenevan le mani, unite,
        l'alma genuflessa negli occhi,
        sopra quel tumulo fissi.
        Ma quando scorsero il Santo,
        tremaron, con mani rattratte,
        afflitto il volto.

La coppia aveva lasciato il campo,
per venire a vedere il Santo.

        E il Santo aveva la faccia
        quasi interamente d'osso.

# O Santo

O casal deixara o campo,
para ver o Santo.

>Falavam que estava intacto
>pelos séculos poupado,
>solenemente vestido,
>como se estivesse vivo,
>apenas como quem sonha,
>sob uma grande redoma
>reclinado.

Para ver o Santo,
o casal veio do campo.

>Quietas, humildes, contritas,
>guardavam as mãos, unidas,
>e a alma ajoelhada nos olhos,
>naquele túmulo postos.
>Mas quando o Santo avistaram,
>tremeram, de mãos crispadas,
>face aflita.

O casal deixara o campo,
para ver o Santo.

>E o Santo já tinha o rosto
>quase inteiramente de osso.

        E, nei denti scarnificati,
        un grave riso macabro.
        Il resto era seta e il lucore
        delle vestimenta sacre
        così belle.

Per venire a vedere il Santo,
la coppia aveva lasciato il campo.

        E al campo sono tornati,
        sguardo triste, muto il labbro,
        dei propri occhi dubitando
        e delle spoglie del Santo,
        facendosi forza per credere
        ancora nell'eternità
        dell'anima e della carne.

La coppia aveva lasciato il campo,
per venire a vedere il Santo.

        Ma anche sotto la terra
        si libera la semente
        del bell'aspetto di oggi,
        e sembra putrida e morta,
        ed è più viva, in segreto...
        Dio è vita e morte. Il resto,
        mistero.

Per vedere il Santo,
la coppia guarda il suo campo.

                    E, nos dentes descarnados,
                    um grave riso macabro.
                    O resto era a seda e o brilho
                    do seu sagrado vestido
                    tão formoso.

Para ver o Santo,
o casal viera do campo.

                    E para o campo há voltado,
                    de olhos tristes, mudo lábio,
                    a duvidar de seus olhos
                    e dos sagrados despojos,
                    a sustentar a coragem
                    de ainda crer na eternidade
                    de alma e carne...

O casal deixara o campo
para ver o Santo.

                    Também no fundo da terra
                    a semente se liberta
                    da fina aparência de hoje,
                    e parece morta e podre,
                    e é mais viva em chão secreto...
                    Deus é vida e morte. O resto,
                    mistério.

Para ver o Santo,
o casal mira o seu campo.

# Pietre di Firenze

O pietre di Firenze,
dove i giorni son miti
come colombi dormenti,
e le voci si disfano
con dolce antichità...

E' sempre vivo il ricordo
dei poeti, tra le statue,
e nell'ombra dei ponti
c'è cenere d'incontri...

O pietre di Firenze
che il tempo eternamente
contorna, liscia, imbruna,
torri, logge, facciate...

Non parlo delle lastre
su cui i vivi sorvolano,
né dei muri perfetti
ove i profili svelano
la loro eternità.

Ma delle pietre semplici
dei freddi cimiteri,
di quei marmorei libri
di sì polite pagine,
e lettere d'addio,

# Pedras de Florença

Ó pedras de Florença,
onde os dias são mansos
como pombos dormentes,
e as vozes se desmancham
com doce antiguidade...

Viva é sempre a memória
dos poetas, entre estátuas,
e na sombra das pontes,
há uma cinza de encontros...

Ó pedras de Florença
que o tempo eternamente
contorna, alisa, brune,
torres, *loggias*, fachadas...

E não falo das lajes
onde os vivos resvalam,
nem dos muros perfeitos
onde os perfis despertam
a sua eternidade.

Falo das pedras simples
dos frios cemitérios,
esses marmóreos livros
de tão polidas páginas,
dessas letras de adeuses,

d'eloquente rimpianto,
di sì commossa e tenera
gentilezza di lagrime.

O pietre di Firenze,
mani di giglio posate
sull'orizzonte del mondo,
presso la riva dell'anime...

de eloquente saudade,
tão comovida e terna
gentileza das lágrimas.

Ó pedras de Florença,
mãos de lírio pousadas
no horizonte do mundo,
junto à praia das almas...

# Preannuncio a Pompei

Questo conto non lo pagherai:
– resterà sotto una cenere che non conosci.

Sotto la cenere che ancora non conosci
resterà il figlio che ti deve nascere
e anche i bambini che già sapevano disegnare sui muri.

Resteranno i fichi che ieri hai messo nella cesta.
Resteranno le pitture della tua sala
e le piante del tuo giardino, dalle statue felici,
sotto la cenere che non conosci.

I gladiatori annunziati non lotteranno
e domani non vedrai, vicino alle terme,
la donna che desideravi.

Tu resterai con in mano la chiave della porta,
tu con il volto dell'amata sul petto;
padrone e servo si uniranno, nello stesso grido;
i cani si dibatteranno sotto bavagli di lava;
la mano non potrà trovare la parete;
gli occhi non potranno vedere la strada.

La ceneri che non conosci voleranno su Apollo e su Iside.

E' una notte ardente, quella che si prepara,
mentre la luce avvolge la colonna e il getto d'acqua:
– la luce del sole che accarezza per l'ultima volta le verdi rose.

# Prenúncio em Pompeia

Esta conta não pagarás:
– ficará sob uma cinza que não sabes.

Sob a cinza que ainda não sabes
ficará teu filho por nascer
e também os meninos que já sabiam desenhar nos muros.

Ficarão os figos que ontem puseste na cesta.
Ficarão as pinturas da tua sala
e as plantas do teu jardim, de estátuas felizes,
sob a cinza que não sabes.

Os gladiadores anunciados não lutarão
e amanhã não verás, próximo às termas,
a mulher que desejavas.

Tu ficarás com a chave da tua porta na mão;
tu, com o rosto da amada no peito;
amo e servo se unirão, no mesmo grito;
os cães se debaterão com mordaças de lava;
a mão não poderá encontrar a parede;
os olhos não poderão ver a rua.

As cinzas que não sabes voarão sobre Apolo e Ísis.

É uma noite ardente, a que se prepara,
enquanto a luz contorna a coluna e o jato d'água:
– a luz do sol que afaga pela última vez as roseiras verdes.

# Adolescente romano

Ecco la bella testa di bronzo del remoto adolescente:
i capelli sono un'ondosa corona come di foglie di olivo;
le sopracciglia incurvano ghirlande serene;
le narici respirano l'arcaico giorno della vita;
c'è sul labbro una sorpresa di sogno quasi in forma di parola.

E come l'artista ha vuotato l'iride, quale pupilla smisurata,
gli cade su tutto il viso un'ombra densa, grave e profonda:
– finestre rotonde per cui penetra il volto mobile dei secoli,
finestre rotonde da cui emerge quell'abisso d'eternità,
silenzioso, immenso, estatico,
dove tutte le immagini si cancellano.

Quale adolescente ha vissuto con la tua carne
lo spettacolo d'anima che il bronzo ci trae di tanto lontano?

# Adolescente romano

Eis a bela cabeça de bronze do remoto adolescente:
o cabelo é uma franjada coroa como de folhas de oliveira;
as sobrancelhas arredondam guirlandas serenas;
a narina respira o arcaico dia de vida;
há no lábio uma surpresa de sonho quase com forma de palavra.

E como o artista vazou-lhe a íris, tal pupila desmesurada,
cai-lhe sobre todo o rosto uma sombra densa, grave e profunda:
– redondas janelas por onde penetra a face móvel dos séculos,
redondas janelas por onde assoma esse abismo da eternidade,
silencioso, imenso, extático,
onde as imagens todas se apagam.

Que adolescente viveu com sua carne
o espetáculo de alma que o bronze traz de tão longe?

# DIANA

Dal suolo delle nascite obliata,
non più evocata da mano d'artista,
libera, senza frecce, nella caccia,
accoglie il sol la palpebra scolpita,
l'acqua e il vento la tunica increspata.
Il dì e la notte, sopra la sua vita.
narranle il tempo – e nulla lei risponde.

Quando il fior del suo gesto sarà infranto,
sarà più pura e disinteressata,
e ancor più l'ameremo, così offesa,
per quel che fu, la perfezion passata.
Era il ritmo invincibil della corsa,
per quanto ella sembrasse immobil stare.
Forse, esplicita. Ma non mai capita:

– sciolta nel tempo, e in pietra imprigionata.

# Diana

Do chão dos nascimentos esquecida,
da mão do artista nunca recordada,
alheia à seta, isenta, na caçada,
recebe o sol na pálpebra esculpida,
a água e o vento na túnica pregueada.
O dia e a noite sobre a sua vida,
contam-lhe o tempo – e não responde nada.

Quando a flor do seu gesto for partida,
será mais pura e desinteressada,
e ainda mais a amaremos, ofendida,
pelo que foi, na perfeição passada.
Era o ritmo invencível da corrida,
por mais que parecesse estar parada.
Explícita, talvez. Nunca entendida:

– livre no tempo, e em pedra aprisionada.

# Pittura di Venezia

E il Canale che oscilla le lunghe acque plumbee,
e la voce del gondoliere che echeggia nei muri umidi,
facendosi strada nelle strette vie liquide...

Oro, nero, scarlatto, questi colori della gondola,
e il suo fino profilo, tragicamente lirico:
– arpa, sirena, scimitarra – trasformandosi...

Questo fondo di mare, questi morti crostacei,
questo limo, quest'ombra, e queste limpide fronde,
nei remi – frangia vana di smeraldi e di perle.

Ah! il tempo concentrato tra i ponti e la nebbia,
e le scalinate che adducono alla pioggia, alla solitudine.
E gli occhi pieni di mosaici e di lagrime...

Labirinti di calcedoni e di crepuscoli.
Conservate il sogno che lasciai sopra le reliquie,
nell'ala dei colombi, e nella vasta insigne porpora

dei rododendri, fuggitivi come uccelli...

# Pintura de Veneza

E o Canal a oscilar as longas águas plúmbeas,
e a voz do gondoleiro a ecoar em muros úmidos,
a abrir passagem nas estreitas ruas líquidas...

Ouro, negro, escarlate, essas cores da gôndola,
e seu fino perfil, tragicamente lírico:
– harpa, sereia, cimitarra – transformando-se...

Este fundo de mar, estes mortos crustáceos,
este limo, esta sombra, e esta ramagem límpida,
nos remos – franja vã de esmeraldas e pérolas.

Ah! o tempo concentrado entre as pontes e a névoa,
e as escadas à chuva e à solidão levando-nos.
E os olhos cheios de mosaicos e de lágrimas...

Labirintos de calcedônias e crepúsculos.
Guardai meu sonho que deixei sobre relíquias,
na asa dos pombos, e na vasta, insigne púrpura

dos rododendros, fugitivos como pássaros...

# Canzone di Sorrento

O Sorrento, Sorrento,
se più non mi vedrai,
non credere sia il vento
tra le piante d'arancio:
è il mio pensier, soltanto.

E' il sogno, immune ormai
di brame e di lamento,
d'illusioni mortali,
e di contentamento,
o Sorrento, Sorrento.

O Sorrento, Sorrento,
vado come tu vai
in profumo ed in vento
tra le piante d'arancio:
ma col pensier, soltanto.

# Canção de Sorrento

Sorrento, Sorrento,
se eu não voltar mais,
não cuides que é o vento
nos teus laranjais:
é o meu pensamento.

É o meu sonho, isento
de desejos, de ais
ou contentamento,
de ilusões mortais,
Sorrento, Sorrento...

Sorrento, Sorrento,
vou como tu vais
em perfume e vento
pelos laranjais:
mas em pensamento.

# Voto

Che intorno a te i venti si arrestino,
Firenze,
con le ali chiuse.

Che i venti non consumino le seriche pietre
da cui sei nata,
né guastino il profilo delle tue vive statue,
né il volto dei tuoi palazzi,
nessuna lettera delle iscrizioni melodiose
dei tuoi tumuli.

Che non scivolino i venti sopra i suggelli
della tua gloria.

Che i venti non turbino il tuo fiume dorato,
antico pensiero che passa senza fine.
Che non scompongano il sembiante di nessun cipresso
né il colore di qualsiasi parete
né sogno di altare o di torre,
porta, strada – segrete dimore di ombre e di echi.

Firenze,
che intorno a te ristiano i venti con le ali chiuse,
e un silenzio azzurro-cinereo-verde
sia il muro liquido che ti avvolga
e da cui ti contempli un dolce amore sol di belezza commosso

# Voto

Que em redor de ti os ventos se imobilizem,
Florença,
de asas fechadas.

Que os ventos não gastem as pedras cetinosas
de que foste nascida,
não quebrem o perfil de tuas vivas estátuas,
o rosto de teus palácios,
nenhuma letra das inscrições melodiosas
de teus túmulos.

Que não deslizem os ventos sobre as assinaturas
da tua glória.

Que os ventos não perturbem teu rio dourado,
antigo pensamento sem fim passando.
Que não te desmanchem o vulto de nenhum cipreste
nem a cor de qualquer parede
nem o sonho de altar ou torre,
porta, rua – domicílios secretos de sombras e ecos.

Florença,
que em redor de ti fiquem os ventos de asas fechadas,
e um silêncio azul-cinzento-verde
seja o muro límpido que te contorne
e de onde te contemple um doce amor só de beleza comovido

– Firenze fiorente fiore... –
per sempre, per sempre.

Ah! che i venti non attingano le tue chiuse sementi di lagrime.

– Florença florente flor... –
para sempre, para sempre.

Ah, que os ventos não toquem nas tuas fechadas sementes de lágrimas.

# Cronologia

### 1901
A 7 de novembro, nasce Cecília Benevides de Carvalho Meirelles, no Rio de Janeiro. Seus pais, Carlos Alberto de Carvalho Meirelles (falecido três meses antes do nascimento da filha) e Mathilde Benevides. Dos quatro filhos do casal, apenas Cecília sobrevive.

### 1904
Com a morte da mãe, passa a ser criada pela avó materna, Jacintha Garcia Benevides.

### 1910
Conclui com distinção o curso primário na Escola Estácio de Sá.

### 1912
Conclui com distinção o curso médio na Escola Estácio de Sá, premiada com medalha de ouro recebida no ano seguinte das mãos de Olavo Bilac, então inspetor escolar do Distrito Federal.

### 1917
Formada pela Escola Normal (Instituto de Educação), começa a exercer o magistério primário em escolas oficiais do Distrito. Estuda línguas e em seguida ingressa no Conservatório de Música.

### 1919
Publica o primeiro livro, *Espectros*.

### 1922
Casa-se com o artista plástico português Fernando Correia Dias.

### 1923
Publica *Nunca mais... e Poema dos poemas*. Nasce sua filha Maria Elvira.

**1924**

Publica o livro didático *Criança meu amor...* Nasce sua filha Maria Mathilde.

**1925**

Publica *Baladas para El-Rei.* Nasce sua filha Maria Fernanda.

**1927**

Aproxima-se do grupo modernista que se congrega em torno da revista *Festa*.

**1929**

Publica a tese *O espírito vitorioso.* Começa a escrever crônicas para *O Jornal,* do Rio de Janeiro.

**1930**

Publica o poema *Saudação à menina de Portugal.* Participa ativamente do movimento de reformas do ensino e dirige, no *Diário de Notícias,* página diária dedicada a assuntos de educação (até 1933).

**1934**

Publica o livro *Leituras infantis,* resultado de uma pesquisa pedagógica. Cria uma biblioteca (pioneira no país) especializada em literatura infantil, no antigo Pavilhão Mourisco, na praia de Botafogo. Viaja a Portugal, onde faz conferências nas Universidades de Lisboa e Coimbra.

**1935**

Publica em Portugal os ensaios *Notícia da poesia brasileira* e *Batuque, samba e macumba.*

Morre Fernando Correia Dias.

Nomeada professora de literatura luso-brasileira e mais tarde técnica e crítica literária da recém-criada Universidade do Distrito Federal, na qual permanece até 1938.

**1937**

Publica o livro infantojuvenil *A festa das letras,* em parceria com Josué de Castro.

### 1938

Publica o livro didático *Rute e Alberto resolveram ser turistas*. Conquista o prêmio Olavo Bilac de poesia da Academia Brasileira de Letras com o inédito *Viagem*.

### 1939

Em Lisboa, publica *Viagem*, quando adota o sobrenome literário Meireles, sem o *l* dobrado.

### 1940

Leciona Literatura e Cultura Brasileiras na Universidade do Texas, Estados Unidos. Profere no México conferências sobre literatura, folclore e educação. Casa-se com o agrônomo Heitor Vinicius da Silveira Grillo.

### 1941

Começa a escrever crônicas para *A Manhã*, do Rio de Janeiro. Dirige a revista *Travel in Brazil*, do Departamento de Imprensa e Propaganda.

### 1942

Publica *Vaga música*.

### 1944

Publica a antologia *Poetas novos de Portugal*. Viaja para o Uruguai e para a Argentina. Começa a escrever crônicas para a *Folha Carioca* e o *Correio Paulistano*.

### 1945

Publica *Mar absoluto e outros poemas* e, em Boston, o livro didático *Rute e Alberto*.

### 1947

Publica em Montevidéu *Antologia poética (1923-1945)*.

### 1948

Publica em Portugal *Evocação lírica de Lisboa*. Passa a colaborar com a Comissão Nacional do Folclore.

## 1949

Publica *Retrato natural* e a biografia *Rui: pequena história de uma grande vida*. Começa a escrever crônicas para a *Folha da Manhã*, de São Paulo.

## 1951

Publica *Amor em Leonoreta*, em edição fora de comércio, e o livro de ensaios *Problemas da literatura infantil*.
Secretaria o Primeiro Congresso Nacional de Folclore.

## 1952

Publica *Doze noturnos da Holanda & O Aeronauta* e o ensaio "Artes populares" no volume em coautoria *As artes plásticas no Brasil*. Recebe o Grau de Oficial da Ordem do Mérito, no Chile.

## 1953

Publica *Romanceiro da Inconfidência* e, em Haia, *Poèmes*. Começa a escrever para o suplemento literário do *Diário de Notícias*, do Rio de Janeiro, e para *O Estado de S. Paulo*.

## 1953-1954

Viaja para a Europa, Açores, Goa e Índia, onde recebe o título de Doutora *Honoris Causa* da Universidade de Delhi.

## 1955

Publica *Pequeno oratório de Santa Clara, Pistoia, cemitério militar brasileiro* e *Espelho cego*, em edições fora de comércio, e, em Portugal, o ensaio *Panorama folclórico dos Açores: especialmente da Ilha de S. Miguel*.

## 1956

Publica *Canções* e *Giroflê, giroflá*.

## 1957

Publica *Romance de Santa Cecília* e *A rosa*, em edições fora de comércio, e o ensaio *A Bíblia na poesia brasileira*. Viaja para Porto Rico.

## 1958

Publica *Obra poética* (poesia reunida). Viaja para Israel, Grécia e Itália.

## 1959

Publica *Eternidade de Israel*.

## 1960

Publica *Metal rosicler*.

## 1961

Publica *Poemas escritos na Índia* e, em Nova Delhi, *Tagore and Brazil*.

Começa a escrever crônicas para o programa *Quadrante*, da Rádio Ministério da Educação e Cultura.

## 1962

Publica a antologia *Poesia de Israel*.

## 1963

Publica *Solombra* e *Antologia poética*. Começa a escrever crônicas para o programa *Vozes da cidade*, da Rádio Roquette-Pinto, e para a *Folha de S.Paulo*.

## 1964

Publica o livro infantojuvenil *Ou isto ou aquilo*, com ilustrações de Maria Bonomi, e o livro de crônicas *Escolha o seu sonho*.

Falece a 9 de novembro, no Rio de Janeiro.

## 1965

Conquista, postumamente, o Prêmio Machado de Assis da Academia Brasileira de Letras, pelo conjunto de sua obra.

# Bibliografia básica sobre Cecília Meireles

ANDRADE, Mário de. Cecília e a poesia. In: ———. *O empalhador de passarinho.* São Paulo: Martins, [1946].

———. Viagem. In: ———. *O empalhador de passarinho.* São Paulo: Martins, [1946].

AZEVEDO FILHO, Leodegário A. de (Org.). Cecília Meireles. In: ———. (Org.). *Poetas do modernismo: antologia crítica.* Brasília: Instituto Nacional do Livro, 1972. v. 4.

———. *Poesia e estilo de Cecília Meireles:* a pastora de nuvens. Rio de Janeiro: José Olympio, 1970.

———. *Três poetas de* Festa: Tasso, Murillo e Cecília. Rio de Janeiro: Padrão, 1980.

BANDEIRA, Manuel. *Apresentação da poesia brasileira.* São Paulo: Cosac Naify, 2009.

BERABA, Ana Luiza. *América aracnídea:* teias culturais interamericanas. Rio de Janeiro: Civilização Brasileira, 2008.

BLOCH, Pedro. Cecília Meireles. *Entrevista:* vida, pensamento e obra de grandes vultos da cultura brasileira. Rio de Janeiro: Bloch, 1989.

BONAPACE, Adolphina Portella. O Romanceiro da Inconfidência: meditação sobre o destino do homem. Rio de Janeiro: Livraria São José, 1974.

BOSI, Alfredo. Em torno da poesia de Cecília Meireles. In: _____. *Céu, inferno:* ensaios de crítica literária e ideológica. São Paulo: Duas Cidades/Editora 34, 2003.

BRITO, Mário da Silva. Cecília Meireles. In: _____. *Poesia do Modernismo.* Rio de Janeiro: Civilização Brasileira, 1968.

CACCESE, Neusa Pinsard. *Festa:* contribuição para o estudo do Modernismo. São Paulo: Instituto de Estudos Brasileiros, 1971.

CANDIDO, Antonio; CASTELLO, José Aderaldo (Orgs.). Cecília Meireles. *Presença da literatura brasileira 3:* Modernismo. 2. ed. São Paulo: Difusão Europeia do Livro, 1967.

CARPEAUX, Otto Maria. Poesia intemporal. In: _____. *Ensaios reunidos:* 1942-1978. Rio de Janeiro: UniverCidade/Topbooks, 1999.

CASTELLO, José Aderaldo. O Grupo *Festa.* In: _____. *A literatura brasileira:* origens e unidade. São Paulo: EDUSP, 1999. v. 2.

CASTRO, Marcos de. Bandeira, Drummond, Cecília, os contemporâneos. In: _____. *Caminho para a leitura.* Rio de Janeiro: Record, 2005.

CAVALIERI, Ruth Villela. *Cecília Meireles:* o ser e o tempo na imagem refletida. Rio de Janeiro: Achiamé, 1984.

COELHO, Nelly Novaes. Cecília Meireles. In: _____. *Dicionário crítico da literatura infantil e juvenil brasileira.* São Paulo: Nacional, 2006.

_____. Cecília Meireles. In: _____. *Dicionário crítico de escritoras brasileiras:* 1711-2001. São Paulo: Escrituras, 2002.

_____. O "eterno instante" na poesia de Cecília Meireles. In: _____. *Tempo, solidão e morte.* São Paulo: Conselho Estadual de Cultura/Comissão de Literatura, 1964.

_____. O eterno instante na poesia de Cecília Meireles. In: _____. *A literatura feminina no Brasil contemporâneo*. São Paulo: Siciliano, 1993.

CORREIA, Roberto Alvim. Cecília Meireles. In: _____. *Anteu e a crítica:* ensaios literários. Rio de Janeiro: José Olympio, 1948.

DAMASCENO, Darcy. *Cecília Meireles:* o mundo contemplado. Rio de Janeiro: Orfeu, 1967.

_____. *De Gregório a Cecília.* Organização de Antonio Carlos Secchin e Iracilda Damasceno. Rio de Janeiro: Galo Branco, 2007.

DANTAS, José Maria de Souza. *A consciência poética de uma viagem sem fim:* a poética de Cecília Meireles. Rio de Janeiro: Eu & Você, 1984.

FAUSTINO, Mário. O livro por dentro. In: _____. *De Anchieta aos concretos.* Organização de Maria Eugênia Boaventura. São Paulo: Companhia das Letras, 2003.

FONTELES, Graça Roriz. *Cecília Meireles:* lirismo e religiosidade. São Paulo: Scortecci, 2010.

GARCIA, Othon M. Exercício de numerologia poética: paridade numérica e geometria do sonho em um poema de Cecília Meireles. In: _____. *Esfinge clara e outros enigmas:* ensaios estilísticos. 2. ed. Rio de Janeiro: Topbooks, 1996.

GENS, Rosa (Org.). *Cecília Meireles:* o desenho da vida. Rio de Janeiro: Setor Cultural/Núcleo Interdisciplinar de Estudos da Mulher na Literatura/UFRJ, 2002.

GOLDSTEIN, Norma Seltzer. *Roteiro de leitura:* Romanceiro da Inconfidência de Cecília Meireles. São Paulo: Ática, 1988.

GOUVÊA, Leila V. B. *Cecília em Portugal:* ensaio biográfico sobre a presença de Cecília Meireles na terra de Camões, Antero e Pessoa. São Paulo: Iluminuras, 2001.

_____. (Org.). *Ensaios sobre Cecília Meireles*. São Paulo: Humanitas/FAPESP, 2007.

_____. *Pensamento e "lirismo puro" na poesia de Cecília Meireles*. São Paulo: EDUSP, 2008.

GOUVEIA, Margarida Maia. *Cecília Meireles:* uma poética do "eterno instante". Lisboa: Imprensa Nacional/Casa da Moeda, 2002.

_____. *Vitorino Nemésio e Cecília Meireles:* a ilha ancestral. Porto: Fundação Engenheiro António de Almeida; Ponta Delgada: Casa dos Açores do Norte, 2001.

HANSEN, João Adolfo. Solombra *ou A sombra que cai sobre o eu*. São Paulo: Hedra, 2005.

LAMEGO, Valéria. *A farpa na lira:* Cecília Meireles na Revolução de 30. Rio de Janeiro: Record, 1996.

LINHARES, Temístocles. Revisão de Cecília Meireles. In: _____. *Diálogos sobre a poesia brasileira*. São Paulo: Melhoramentos, 1976.

LÔBO, Yolanda. *Cecília Meireles*. Recife: Massangana/Fundação Joaquim Nabuco, 2010.

MALEVAL, Maria do Amparo Tavares. Cecília Meireles. In: _____. *Poesia medieval no Brasil*. Rio de Janeiro: Ágora da Ilha, 2002.

MANNA, Lúcia Helena Sgaraglia. *Pelas trilhas do Romanceiro da Inconfidência*. Niterói: EdUFF, 1985.

MARTINS, Wilson. Lutas literárias (?). In: _____. *O ano literário:* 2002-2003. Rio de Janeiro: Topbooks, 2007.

MELLO, Ana Maria Lisboa de (Org.). *A poesia metafísica no Brasil:* percursos e modulações. Porto Alegre: Libretos, 2009.

_____. (Org.). *Cecília Meireles & Murilo Mendes (1901-2001)*. Porto Alegre: Uniprom, 2002.

_____; UTÉZA, Francis. *Oriente e ocidente na poesia de Cecília Meireles*. Porto Alegre: Libretos, 2006.

MILLIET, Sérgio. *Panorama da moderna poesia brasileira*. Rio de Janeiro: Ministério da Educação e Saúde/Serviço de Documentação, 1952.

MOISÉS, Massaud. Cecília Meireles. In: _____. *História da literatura brasileira:* Modernismo. São Paulo: Cultrix, 1989.

MONTEIRO, Adolfo Casais. Cecília Meireles. In: _____. *Figuras e problemas da literatura brasileira contemporânea*. São Paulo: Instituto de Estudos Brasileiros, 1972.

MORAES, Vinicius de. Suave amiga. In: _____. *Para uma menina com uma flor*. Rio de Janeiro: Editora do Autor, 1966.

MOREIRA, Maria Edinara Leão. *Estética e transcendência em O estudante empírico, de Cecília Meireles*. Passo Fundo: Editora da Universidade de Passo Fundo, 2007.

MURICY, Andrade. Cecília Meireles. In: _____. *A nova literatura brasileira:* crítica e antologia. Porto Alegre: Globo, 1936.

_____. Cecília Meireles. In: _____. *Panorama do movimento simbolista brasileiro*. 2. ed. Brasília: Conselho Federal de Cultura/Instituto Nacional do Livro, 1973. v. 2.

NEJAR, Carlos. Cecília Meireles: da fidência à Inconfidência Mineira, do *Metal rosicler* à *Solombra*. In: _____. *História da literatura brasileira:* da carta de Caminha aos contemporâneos. São Paulo: Leya, 2011.

NEMÉSIO, Vitorino. A poesia de Cecília Meireles. In: _____. *Conhecimento de poesia*. Salvador: Progresso, 1958.

NEVES, Margarida de Souza; LÔBO, Yolanda Lima; MIGNOT, Ana Chrystina Venancio (Orgs.). *Cecília Meireles:* a poética da educação. Rio de Janeiro: Pontifícia Universidade Católica; São Paulo: Loyola, 2001.

OLIVEIRA, Ana Maria Domingues de. *Estudo crítico da bibliografia sobre Cecília Meireles.* São Paulo: Humanitas/USP, 2001.

PAES, José Paulo. Poesia nas alturas. In: _____. *Os perigos da poesia e outros ensaios.* Rio de Janeiro: Topbooks, 1997.

PARAENSE, Sílvia. *Cecília Meireles:* mito e poesia. Santa Maria: UFSM, 1999.

PEREZ, Renard. Cecília Meireles. In: _____. *Escritores brasileiros contemporâneos – 2ª série:* 22 biografias, seguidas de antologia. 2. ed. revista e atualizada. Rio de Janeiro: Civilização Brasileira, 1971.

PICCHIO, Luciana Stegagno. A poesia atemporal de Cecília Meireles, "pastora das nuvens". In: _____. *História da literatura brasileira.* Rio de Janeiro: Nova Aguilar, 1997.

PÓLVORA, Hélio. Caminhos da poesia: Cecília. In: _____. *Graciliano, Machado, Drummond & outros.* Rio de Janeiro: Francisco Alves, 1975.

RAMOS, Péricles Eugênio da Silva. *Solombra.* In: _____. *Do Barroco ao Modernismo:* estudos de poesia brasileira. 2. ed. revista e aumentada. Rio de Janeiro: Livros Técnicos e Científicos, 1979.

RICARDO, Cassiano. *A Academia e a poesia moderna.* São Paulo: Revista dos Tribunais, 1939.

RÓNAI, Paulo. O conceito de beleza em *Mar absoluto.* In: _____. *Encontros com o Brasil.* 2. ed. Rio de Janeiro: Batel, 2009.

_____. Uma impressão sobre a poesia de Cecília Meireles. In: _____. *Encontros com o Brasil*. 2. ed. Rio de Janeiro: Batel, 2009.

SADLIER, Darlene J. *Cecília Meireles & João Alphonsus*. Brasília: André Quicé, 1984.

_____. *Imagery and Theme in the Poetry of Cecília Meireles:* a study of *Mar absoluto*. Madrid: José Porrúa Turanzas, 1983.

SECCHIN, Antonio Carlos. Cecília: a incessante canção. In: _____. *Escritos sobre poesia & alguma ficção*. Rio de Janeiro: EdUERJ, 2003.

_____. Cecília Meireles e os *Poemas escritos na Índia*. In: _____. *Memórias de um leitor de poesia & outros ensaios*. Rio de Janeiro: Topbooks/Academia Brasileira de Letras, 2010.

_____. O enigma Cecília Meireles. In: _____. *Memórias de um leitor de poesia & outros ensaios*. Rio de Janeiro: Topbooks/Academia Brasileira de Letras, 2010.

SIMÕES, João Gaspar. Cecília Meireles: *Metal rosicler*. In: _____. *Crítica II*: poetas contemporâneos (1946-1961). Lisboa: Delfos, s.d.

VERISSIMO, Erico. Entre Deus e os oprimidos. In: _____. *Breve história da literatura brasileira*. São Paulo: Globo, 1995.

VILLAÇA, Antonio Carlos. Cecília Meireles: a eternidade entre os dedos. In: _____. *Tema e voltas*. Rio de Janeiro: Hachette, 1975.

YUNES, Eliana; BINGEMER, Maria Clara L. (Orgs.). *Murilo, Cecília e Drummond:* 100 anos com Deus na poesia brasileira. Rio de Janeiro: Pontifícia Universidade Católica; São Paulo: Loyola, 2004.

ZAGURY, Eliane. *Cecília Meireles*. Petrópolis: Vozes, 1973.

# Indice dei primi versi

Adesso ho nostalgia di quell'anonima guida   118
Alzami dalla cenere in cui giaccio,   62
Arriva e canta.   40
Bruna e rossa.   70
*Cave Canem!* – avvisa il mosaico   72
C'è un nome sulle acque:   94
Centomila pupille c'erano:   44
C'erano dei, foro, terme,   60
Che intorno a te i venti si arrestino,   138
Come era grassa la cantante,   24
Come salir la grande scalinata,   110
Dal suolo delle nascite obliata,   132
Di finissimo azzurro il ciel... – foriero   58
E il Canale che oscilla le lunghe acque plumbee,   134
Ecco la bella testa di bronzo del remoto adolescente:   130
Ecco un popolo che va e parla,   86
Felici quelli che giunsero   106
Gli alberi, inaridite,   28
I volti sono irriconoscibili;   42
Il carciofo, il vino, le pareti di pietra,   56
In cima alla cascata, sussurrante,   64
In te cammino, Roma di alti cipressi e larghe acque,   104
La coppia aveva lasciato il campo,   120
Lasciate passare al margine della sera   36
Memoria di orizzonti dorati,   48
Non c'è sul marmo il tuo nome.   20
O pietre di Firenze,   124
O Sorrento, Sorrento,   136
Per la campagna romana camminano gli acquedotti,   116

# ÍNDICE DE PRIMEIROS VERSOS

A alcachofra, o vinho, as paredes de pedra,   57
Agora tenho saudade daquele anônimo guia   119
Ando em ti, Roma de altos ciprestes e largas águas,   105
Apenas eu cheguei, carregada de inverno.   75
Aqui me refugio,   81
As árvores, secas,   29
As faces estão irreconhecíveis:   43
Atravesso este momento,   33
*Cave Canem!* – avisa o mosaico,   73
Cem mil pupilas houve:   45
Chega e canta.   41
Como subir a grande escada,   111
Deixai passar pela margem da tarde   37
Ditosos os que chegaram   107
Divertiam-se as raparigas   35
Do chão dos nascimentos esquecida,   133
E o Canal a oscilar as longas águas plúmbeas,   135
Eis a bela cabeça de bronze do remoto adolescente:   131
Eis um povo que anda e fala,   87
Esta conta não pagarás:   129
Há um nome nas águas:   95
Havia deuses, foro, termas,   61
Homens que ordenaram? Mãos que obedeceram?   93
Levanta-me da cinza em que me encontro,   63
Memória de horizontes dourados   49
Morena e ruiva.   71
Não está no mármore o teu nome.   21
No degrau do inverno turvo,   39
No topo da cascata, sussurrante,   65

Pietre non calpesto, soltanto:   76
Qual'è la città che, vista all'inverso, risiede nel cuore?   82
Quando il lampadario si accese,   102
Questo conto non lo pagherai:   128
Qui mi rifugio,   80
Roma – melagrana, pelle dorata di mattone,   114
Salve d'oro fosco.   78
Sebbene tu stia servendo   98
Si divertivano le ragazze,   34
Solo io sono arrivata, carica d'inverno.   74
Sui muri dell'urbe si disegnano gli alberi,   90
Sul gradino del torvo inverno,   38
Traverso questo momento,   32
Uomini che ordinarono? Mani che ubbidirono?   92
Vecchi muri romani, spegnetevi,   52
Voi, che vedeste Dio, cosa provaste?   68

Nos muros da urbe desenham-se as árvores   91
O azul do céu finíssimo... - o azul próximo   59
O casal deixara o campo,   121
Ó pedras de Florença,   125
Pedras não piso, apenas:   77
Pela campanha romana caminham os aquedutos.   117
Por mais que estejas servindo   99
Qual é a cidade que, vista ao contrário, está no coração?   83
Quando o lustre se acendeu,   103
Que em redor de ti os ventos se imobilizem,   139
Roma - romã, dourada pele de tijolo,   115
Salvas de ouro fusco.   79
Sorrento, Sorrento,   137
Tão gorda que era, a cantora,   25
Velhos muros romanos, apagai-vos,   53
Vós, os que vistes Deus, como ficastes?   69

# Conheça outros títulos de Cecília Meireles pela Global Editora

- O Aeronauta
- Amor em Leonoreta
- Baladas para El-Rei
- Canções
- Cânticos
- Crônica trovada da cidade de Sam Sebastiam*
- Crônicas de educação (5 volumes)*
- Crônicas de viagem (3 volumes)
- Doze noturnos da Holanda
- Espectros
- Mar absoluto e outros poemas
- Metal Rosicler
- Morena, pena de amor
- Nunca mais... e Poema dos poemas
- Pequeno oratório de Santa Clara, Romance de Santa Cecília e Oratório de Santa Maria Egipcíaca
- Pistoia, Cemitério Militar Brasileiro
- Poemas de viagens
- Poemas escritos na Índia
- Poemas italianos
- Problemas da literatura infantil
- Retrato natural
- Romanceiro da Inconfidência
- Solombra
- Sonhos
- Vaga música
- Viagem

*prelo*